BERTHE

ET

RICHEMONT.

Daignez pardonnez Madame le désordre
ou me jette votre présence auguste.

BERTHE

ET

RICHEMONT,

NOUVELLE HISTORIQUE,

Par l'Auteur de Maria, et d'Antoine et Jeannette.

Sicelides Musæ, paulò majora canamus.

VIRGIL.

TOME PREMIER.

~~~~~~~

A PARIS,

Chez Roux, Libraire, Palais du Tribunat,
galerie du Théâtre-Français.

AN IX. — 1801.

AVERTISSEMENT

DE

L'ÉDITEUR.

Annoncer un nouvel Ouvrage de l'Auteur de Maria, et d'Antoine et Jannette, c'est promettre au lecteur de l'intérêt, des situations bien ménagées, des caractères sagement développés et soutenus avec art; des tableaux attachans et un style naturel, facile et proportionné au ton des Personnages qui sont mis en scène. On croit pouvoir garantir qu'à cet égard, son attente ne sera point trompée.

C'est dans l'Histoire que l'Auteur a cru devoir puiser les principaux événemens de cette nouvelle production, qu'à cet effet, il a intitulée : *Nouvelle Historique.* Les faits ne s'écartent en aucune manière de la vérité. Quant aux détails, ils lui appartenaient, et il a usé en cela de la plénitude du droit qu'il

avait de les arranger à sa conve-
nance.

L'époque à laquelle il a placé
les Personnages, est célèbre dans
l'Histoire d'Angleterre : c'est elle
qui a vu finir les funestes divi-
sions de la Rose rouge et de la
Rose blanche, par la réunion
des Maisons d'Yorck et de Lancastre, à l'occasion du mariage
de Henri VII avec Élisabeth,
Fille d'Édouard IV, et dernière
Héritière de la branche d'Yorck.
L'Auteur ne pouvait choisir un
événement plus propre à inté-

resser , même les lecteurs] les moins instruits ; et il y a toout lieu de croire qu'on n'accueilleera pas avec moins d'indulgence : ce nouvel Enfant de son loisir ; qque ceux qui l'ont précédé, et que : le Public a constamment honorrés de son suffrage.

BERTHE

ET

RICHEMONT.

CHAPITRE PREMIER.

Fʀᴀɴçᴏɪs II, duc de Bretagne, régnait encore sur cette belle et riche Province, dont il fut le dernier Souverain : tout le monde sait que sa réunion au domaine de la Couronne s'opéra par le mariage d'Anne, sa fille, avec Charles VIII, et ensuite avec Louis XII, tous deux successivement Rois de France.

1. A

François avait une autre fille appelée Berthe (1); c'est de cette dernière que je vais écrire l'histoire. Autant la fortune et la prospérité parurent être d'accord pour embellir la carrière de sa Sœur, autant le malheur et le destin jaloux semblèrent se réunir pour épuiser sur elle leurs traits les plus accablans. Une imprudence, il est vrai, devint la source de ses infortunes; mais ce tort fut celui de l'amour, et s'il ne la rendit

_____

(1) Quelques Historiens l'ont nommée Isabelle; tous s'accordent pour dire qu'elle mourut sans laisser de postérité. D'après ce fait, la supposition de l'Auteur n'a rien d'absurde ; il n'a fait qu'user du droit de tous les les Romanciers. (Note de l'éditeur.)

pas tout-à-fait excusable, au moins parut-il lui mériter le droit d'exciter la pitié de toutes les âmes sensibles.

Destinée à porter une couronne, dont l'éclat et la puissance rivalisaient avec celle de sa Sœur, Berthe ne trouva dans le sort brillant qui lui était promis, que l'abandon, la douleur, et enfin la mort qui vint mettre un terme à ses longues souffrances. Elle devint un nouvel exemple de cette fatalité cruelle qui semble poursuivre impitoyablement certains personnages, qu'elle paraît se faire un jeu d'accabler jusque dans la nuit du tombeau et de persécuter même dans les derniers rejettons de leur famille. Mais gardons-nous d'anticiper sur l'avenir ; contentons-nous pour le moment de développer les causes et les effets des événemens à mesure qu'ils se succèderont : ils sont d'un intérêt trop attachant pour ne pas fixer l'attention de tous ceux qui seront curieux d'en connaître la marche et d'en suivre les progrès.

Henri, comte de Richemont, était chef, par sa mère, de la Maison de Lancastre (1). Cette Maison est

_____

(1) J'ai connu dans ma jeunesse un honnête homme, nommé Richard Plantagenet, qui prétendait descendre de cette Maison, par un fils naturel du Duc de Glocester, père de

célèbre dans l'Histoire par ses démê-
lés avec celle d'Yorck, qui ont fait

Richard III. Les papiers qu'il me fit
voir à cette époque me convainquirent
que sa prétention était fondée. Son
bisaïeul quitta l'Angleterre lors des
troubles suscités par l'usurpation de
Cromwel, et vint s'établir en France,
où sa famille a vécu dans un état de
médiocrité, presque voisin de l'indi-
gence. Je m'étonnai qu'il ne fit point
de démarches pour obtenir de la cour
de Londres, à raison de sa naissance,
les secours qu'il était en droit d'en
attendre ; mais sans désirs comme
sans ambition, il se contenta de cul-
tiver son petit jardin, et ne prétendait
rien de plus. Il mourut jeune encore et
ne laissa point de postérité. (Note de
l'éditeur.)

couler des flots de sang sur les
échafauds de l'Angleterre, suivant
que l'une ou l'autre avait le dessus.
Il n'existe pas une Famille ancienne
dont quelques - uns des membres
n'aient été victimes de leurs fatales
dissentions. Le Comte de Richemont,
vaincu par Édouard IV, roi d'Angleterre, qui lui disputait la Couronne
de la Grande - Bretagne, à laquelle
il prétendait avoir des droits, fut
obligé de prendre la fuite ; trop
heureux de n'être pas tombé entre
les mains de son heureux concurrent
qui, s'il eut jugé à propos de lui
conserver la vie, l'aurait au moins
condamné à passer le reste de ses
jours dans une étroite prison. Monté
sur un frêle esquif, qu'il avait eu le

bonheur de se procurer, il venait demander un asile à Louis XI, qui régnait alors en France, lorsqu'une tempête affreuse, qui s'éleva tout à coup, le jeta sur les côtes de Bretagne, où il échoua.

Quoique François II eût secondé Édouard, son allié, dans la guerre qu'il avait eu à soutenir contre le Comte de Richemont et son parti, qui ne laissait pas que d'être formidable, il était trop généreux pour abuser du malheur de ce dernier, en le livrant à son ennemi : aussi ce fut avec confiance que Henri parut à sa cour et se remit entre ses mains. Il crut que le Ciel, qui voulait sa conservation, lui avait offert cet asile, comme le plus sûr qu'il pût trouver dans son malheur, et il ne songea plus à recourir à la protection de Louis XI, sur la loyauté duquel il ne comptait que faiblement, et dont il n'eût accepté les secours qu'avec répugnance.

Le Duc de Bretagne ne crut pas manquer à ce qu'il devait à son allié en tendant les bras à son ennemi, qui cessait d'être à craindre dès l'instant qu'il était malheureux : il fit au Comte de Richemont l'accueil le plus gracieux et le reçut avec tous les égards qu'on doit à l'infortune : il lui montra d'autant plus de bien-veillance, qu'il fut singulièrement touché de la confiance que Henri lui avait témoignée. François était le meilleur et le plus généreux des Princes de son temps, et sa conduite envers le Comte était une nouvelle preuve de la bonté de son cœur.

L'Oncle de Richemont s'était embarqué, après sa défaite, avec un assez grand nombre d'Anglais qui étaient attachés à son parti, sur plusieurs vaisseaux qu'ils avaient trouvés prêts à mettre à la voile, et que la même tempête avait conduit dans les différens ports situés sur les côtes de Bretagne. Ils ne furent pas moins accueillis que leur chef à la cour de François. Ce prince trouva Richemont bien au-dessus de ce que la renommée en avait publié ; il

conçut pour lui l'affection la plus
tendre : elle alla même au point que
non-seulement il lui promit de ne
plus donner de secours à son rival,
mais de travailler même à le faire
monter sur le Trône, s'il se trouvait
une occasion de pouvoir le faire,
sans compromettre la sûreté de ses
États et le bonheur de ses Sujets dont
il était justement adoré.

Le bruit de l'accueil que le Duc de
Bretagne avait fait au malheureux
Comte de Richemont, parvint bientôt jusqu'aux oreilles d'Édouard,
qui en fut allarmé ; mais en bon
politique il crut devoir dissimuler
son ressentiment. Il chercha dans
l'ombre du mystère les moyens de

s'emparer, s'il était possible, de la personne de son ennemi; il chargea en conséquence un homme extrêmement adroit, et dont rien ne pouvait faire soupçonner le projet, de se rendre à la Cour de François, comme voyageur, et de tâcher de pénétrer le caractère de ses Courtisans et surtout de ceux qu'il paraissait affectionner le plus.

Il n'y en avait que deux qui partageaient exclusivement la faveur de ce Prince : le premier était Kantelet, homme de qualité, recommandable par une haute naissance, et plus encore par sa probité; mais dévoré d'une ambition démesurée, à laquelle cependant il ne sacrifiait aucun de ses devoirs. L'autre, nommé Landais, s'était élevé, par un certain mérite, de l'état de garçon tailleur, au rang de premier Chambellan et de grand Trésorier. Il jouissait de toute la confiance de son Maître, qui ne voyait que par ses yeux et le préférait même à Kantelet, dont il estimait néanmoins la franchise et la loyauté. Autant ce dernier était honnête homme et digne, par ses vertus, de l'amitié de François, autant le perfide Landais était intrigant et fourbe : rien ne lui coûtait pourvu qu'il pût s'enrichir et se maintenir dans le poste brillant qu'il occupait.

L'agent secret qu'Édouard avait

envoyé à la cour de François, sut
bientôt à quoi s'en tenir sur le
compte de l'un et de l'autre ; il
instruisit son Maître de ses décou-
vertes. Il n'y avait rien à espérer du
côté de Kantelet ; mais en homme
habile , Édouard sut profiter des
dispositions de Landais , pour en
venir à son but. Il voulait, à quelque
prix que ce fût, avoir le Comte de
Richemont en sa puissance , mais ce
ne fut pas néanmoins tout de suite
qu'il essaya de mettre son projet à
exécution. Il envoya d'abord au Duc
de Bretagne un ministre affidé pour
lui faire les propositions les plus
avantageuses relativement au Comte.
Mais ni les promesses, ni même les
menaces, ne purent déterminer ce

1.   B

Prince à manquer de parole à Richemont, ni à violer l'hospitalité
qu'il lui avait, dans son malheur,
généreusement accordée.

Voyant qu'il n'y avait rien à espérer du côté de François, dont la
loyauté était connue, Édouard chargea son Ministre de gagner Landais
par l'espoir de la plus brillante récompense. Il commença par lui
faire passer de grosses sommes d'ar-
gent, pour l'engager plus efficace-
ment à le servir. Les Rois, comme
les autres hommes, ne sont jamais
avares, quand ils ont pour but de
satisfaire leurs passions. Ne pouvant
obtenir de François qu'il remît entre
ses mains l'infortuné Henri, et

n'osant le faire enlever de vive force,
dans un pays dont il n'était pas le
maître, il chargea son agent de chercher avec Landais les moyens de s'en
défaire. Ce monstre, à qui le crime
ne répugnait point, pourvu qu'il lui
fût profitable, se prêta volontiers à
l'exécution de ce projet. Il ne s'agissait que de le conduire de manière à
ce que le soupçon ne pût pas s'arrêter sur les auteurs ; c'est de quoi
le Ministre d'Édouard et Landais
s'occupèrent dans le plus profond
silence. Comme il était impossible
de prévoir, de soupçonner même un
pareil crime, la sécurité de François
et celle de Richemont semblèrent
concourir à favoriser l'exécution de
cet affreux complot.

B 2

Anne, fille aînée du Duc de
Bretagne, passait pour une des plus
belles Princesses de son temps; sa
Sœur Berthe ne lui cédait en rien du
côté des charmes de sa personne, et
l'emportait peut-être par son esprit
et par la douceur de son caractère:
douée de la sensibilité la plus profonde, elle était bonne, humaine, généreuse; personne ne la quittait que satisfait de son affabilité et des grâces
qu'elle mettait dans ses moindres ac-
tions. Quoiqu'elle fut à peine âgée de
douze ans, elle avait une Cour nombreuse, qui s'empressait à lui plaire,
et ce n'était pas sans la plus douce satisfaction que le Duc, son père, était
témoin des sentimens qu'elle inspirait généralement à tout le monde.

Un soir que le Comte de Richemont
venait de lui faire sa cour; car il était
très-assidu près d'elle, et Berthe de
son côté le traitait avec une distinction particulière ; un soir , dis-je, en
sortant de chez la Princesse , il ren-
contra Kantelet, qui l'emmena dans
une Galerie peu fréquentée , pour
l'entretenir en particulier : « Prince,
lui dit-il , quand ils furent seuls , vos
jours précieux sont menacés ; le plus
horrible complot est sur le point d'é-
clater. Parmi cette foule d'Anglais
attachés à votre fortune , il en est
qui se sont vendus à votre rival et
qui ont juré votre perte. Vos assassins sont au milieu de vos plus
fidèles amis ; ils sont dans cette Cour
et n'attendent que le moment de

B 5

consommer leur crime. Landais, le
perfide Landais les protège ; il est
l'âme de leurs desseins ; lui seul a
tout conduit. La mort vous attend
au sortir de ce lieu ; le piége est
inévitable ; vous ne pouvez sans un
prompt secours échapper au danger
qui vous menace. Je ne vois qu'un
seul moyen de vous y soustraire,
c'est de vous abandonner entièrement à moi. Vous me devez connaître assez pour n'avoir pas besoin
de garantie de mes sentimens. Mais
le temps presse ; le péril croît à
chaque instant ; vous n'avez pas un
moment à perdre. » — « Que faut-il
faire ? reprit le comte, parlez ; je me
livre à vous avec confiance ; soyez
mon sauveur, et si jamais la

fortune...... » — « Vous m'offensez,
Prince ; c'est l'honneur et non l'espoir d'une récompense qui me conduit : suivez-moi. »

Kantelet emmena le Comte dans
un enfoncement isolé qui se trouvoit
au bout d'un long corridor ; il ouvrit
une petite porte qui donnait sur un
escalier dérobé. « Je ne puis vous
accompagner plus loin, poursuivit-
il, sans donner lieu à des soupçons
qui seraient dans le cas de vous
nuire ; mais exécutez tout ce que je
vais vous prescrire et je réponds de
vos jours. Vous trouverez au bas de
cet escalier une cour isolée ; vous la
traverserez jusqu'à une voûte qui
vous menera en tournant au pied

d'un autre escalier, fermé par une grille dont voici la clef; vous en refermerez avec soin la porte sur vous. Cet escalier vous conduira sur une petite terrasse où personne ne peut entrer sans mon ordre. Une fois que vous y serez parvenu, vos jours seront en sûreté. Vous m'y attendrez peut-être un peu long-temps; mais ne vous impatientez pas : j'irai vous rejoindre le plutôt qu'il me sera possible de me retirer ; je ne veux pas qu'on puisse remarquer trop de précipitation de ma part. Mais encore une fois soyez tranquille ; vous n'aurez rien à craindre. »

Le Comte, après avoir remercié

Kantelet de l'avis salutaire qu'il
venait de lui donner, exécuta de
point en point tout ce qu'il lui avait
prescrit, et parvint sans aucune rencontre fâcheuse jusque sur la terrasse où il devait être à l'abri de
toute atteinte. Il y attendit son
libérateur pendant un assez long
temps; mais échappé au danger qu'il
avait couru, l'attente ne lui parut
ni longue ni pénible.

Cependant Kantelet ne s'était pas
endormi dans une fausse sécurité. Il
avait, en quittant Richemont, été
trouver le Duc de Bretagne et l'avait
instruit, au sortir du Conseil, de
l'horrible complot qu'on avait tramé
au milieu même de sa Cour, et dont

il était plus qu'instant de détourner les effets désastreux. Il fut décidé que, pour arracher le malheureux Comte, non-seulement au danger dont il était à peine échappé, mais encore aux autres tentatives que l'on pourrait mettre en œuvre pour le perdre, il était nécessaire qu'il se constituât lui-même prisonnier dans un Château fort qui appartenait au Duc de Bretagne : c'était l'unique moyen de pouvoir répondre de ses jours; François s'engageait d'ailleurs à l'y faire traiter avec tous les égards et le respect dus à son rang et à ses infortunes; c'était moins une prison qu'un asile inviolable qu'il lui offrait, et il s'engageait en outre à le mettre en liberté dès que la mort

d'Édouard ou quelqu'autre circonstance viendraient à changer la face
des affaires.

Ce fut le Château de Kerdac, situé
à peu de distance du séjour où le Duc
tenait habituellement sa Cour, que
l'on désigna pour le recevoir, comme
le plus convenable par sa proximité
et les agrémens que le Comte y pourrait trouver. Ce Château placé sur
une hauteur, qui le rendait inex-
pugnable, environné d'une forêt assez
vaste et décoré de jardins fort agréables, offrait un aspect séduisant; les
appartemens en étaient vastes et
commodes; la vue magnifique et les
promenades infiniment variées : mais
il allait devenir une espèce de prison

pour l'infortuné Comte, et tous ses
agrémens ne pouvaient que dispa-
raître devant cette idée affligeante.

Après environ deux heures d'une
attente assez pénible, Kantelet fut
rejoindre le Comte de Richemont, et
lui fit part, avec beaucoup de ménagement, de la résolution de François, qui avait décidé que, pour sa
propre sûreté, il partirait la nuit
même. Henri ne put s'empêcher de
frémir à cette nouvelle inattendue;
mais la nécessité le forçait de souscrire à cet arrangement, et l'espoir
de pouvoir bientôt poursuivre ses
projets, auxquels il n'avait pas renoncé, le détermina dans la circonstance fâcheuse où il se trouvait, à se

résigner à son sort. Il répondit à Kantelet qu'il était prêt d'obéir aux ordres de son Souverain, et remit ses intérêts.entre ses mains avec d'autant plus de confiance, que le service qu'il venait de lui rendre était un sûr garant de la pureté de ses intentions.

Tout étant préparé pour le départ, Richemont se mit en route, une heure avant le retour de la lumière, sous la conduite de Kantelet, qui, au moyen des précautions qu'il avait prises, répondit de ses jours. Personne ne fut instruit de cette importante mesure, pas même Landais, et ce ne fut pas sans la plus grande surprise qu'il en apprit la nouvelle. Le Duc lui reprocha avec amertume

C

la conduite qu'il avait tenue; mais
il sut si bien se disculper auprès
de son Maître, qu'il ne perdit rien
de son crédit. Sa faveur même sem-
bla s'accroître en raison de son im-
pudence : tant il est dangereux pour
les Princes, dont le caractère est
naturellement faible, de donner trop
de confiance à des Courtisans qui en
sont indignes.

Richemont, suivant la promesse
qu'il en avait reçue, était traité dans
le Château de Kerdac avec tous les
égards et toutes les attentions qu'il
devait attendre : on ne lui laissait
rien à désirer. Le Gouverneur, qui
était un homme d'honneur, et sur la
fidélité duquel on pouvait compter,

avait ordre de lui procurer tous les plaisirs qu'il pouvait goûter, sans compromettre la sûreté de sa per-sonne, et s'acquittait de ce soin avec un zèle infatigable ; mais Henri était prisonnier et ne cessait de soupirer après le moment où la liberté lui serait rendue.

~~~

CHAPITRE II.

Il y avait près d'un an que le Prétendant au Trône d'Angleterre était détenu dans le Château de Kerdac, n'ayant de communication avec qui que ce fût, à l'exception du Gouverneur, et de Kantelet qui venait le visiter assidument, et par l'entremise duquel il entretenait une correspondance suivie, tant avec la Comtesse de Sommerset, sa Mère, qu'avec les Chefs du parti qui lui restait encore à Londres. Quoiqu'il n'eut à se plaindre que de la perte de

sa liberté , on peut juger que ce
n'était pas sans beaucoup d'impatience qu'il s'en voyait privé : il
ignorait le terme de ses malheurs ,
et cet état d'incertitude ajoutait encore à sa souffrance. Il n'avait pas
renoncé à ses prétentions à la Couronne sur laquelle il avait des droits,
quoique contestés , et il n'attendait
que le moment favorable pour les
faire valoir. La situation de ses affaires exigeant qu'il se concertât
avec son Oncle , qui avait toute sa
confiance , il imagina d'écrire à la
jeune Berthe pour la prier d'obtenir
de son Père la permission de communiquer avec lui. L'affection que
cette aimable Princesse avait paru
lui témoigner, l'enhardit à cette

démarche qui fut couronnée d'un plein succès.

Berthe, en effet, s'acquitta de la commission dont le Comte l'avait chargée, avec tant d'adresse et de ménagement, que son père n'eut rien à lui refuser. « Ma fille, dit – il à Berthe, je suis fâché de ne pouvoir faire plus en faveur de Richemont, que j'aime et que j'estime ; mais je dois ménager un voisin puissant qui voudrait me déterminer à le mettre en ses mains, et qui ne s'est enfin désisté de ses prétentions, que sous la condition expresse que je le retiendrais prisonnier dans mes états. Je ne peux ni ne dois me brouiller avec un Prince tel qu'Édouard, qui

pourrait, en me déclarant la guerre,
me mettre à deux doigts de ma perte,
et se venger sur mes malheureux
Sujets, de ce qu'il ne manquerait
pas d'appeler déloyauté de leur
Souverain. Je suis forcé, par les circonstances où je me trouve, de tenir
Henri prisonnier; mais vous pouvez l'assurer de ma part qu'il obtiendra sans difficulté tout ce qu'il
me sera possible de lui accorder,
sans compromettre la sûreté de sa
personne et la tranquillité de mes
États. »

Effectivement, le Duc donna dès le
même jour l'ordre au moyen duquel
l'Oncle de Richemont pourrait le voir
autant de fois qu'il le désirerait, en

prenant néanmoins les mesures nécessaires pour qu'il ne pût courir
aucun danger dans ces différentes
entrevues.

Berthe se hâta d'instruire le Comte
de ce qu'elle venait d'obtenir en sa
faveur, et n'omit, dans la lettre
qu'elle lui écrivit, rien de ce qui
pouvait adoucir sa situation. Elle
ajouta qu'elle était sensiblement
touchée de son malheur, qu'elle ne
perdrait pas ses intérêts de vue, et
qu'elle ferait en toute occasion ce
qui pourrait dépendre d'elle pour
rendre sa captivité plus supportable.

L'entrevue du Comte de Richemont

et de son Oncle, eut lieu conformé-
ment aux ordres qu'avait donnés le
Duc de Bretagne ; mais ce ne fut
pas sans danger pour ce malheureux
Prince. Ses assassins n'avaient pas
renoncé au projet de lui arracher la
vie : ils étaient venus à bout, en
répandant de l'or, de gagner quelques-uns de ses Gardes qui voulurent
profiter de la circonstance. Henri fut
sur le point de tomber sous leurs
coups ; déjà même il en était entouré, lorsque le Gouverneur qui
veillait avec le plus grand soin sur
ses jours, parut, et lui faisant un
rempart de son corps, parvint à lui
sauver la vie. Les assassins furent
tous arrêtés et remis aussitôt entre
les mains de la justice pour instruire

leur procès : on punit de mort les
deux plus coupables ; les autres, qui
étaient Anglais, furent envoyés à
Édouard qui se contenta de les
désavouer et les fit mettre en liberté
après une légère détention.

Richemont écrivit de nouveau à
la sensible Berthe, pour lui faire ses
remercîmens et l'instruire des dangers qu'il avait courus. Comme il
soupçonnait plusieurs de ses Gardes
d'être d'intelligence avec Landais, il
demanda qu'ils fussent remplacés
par des hommes sûrs et dont il
n'eût rien à craindre. Berthe s'inté-
ressait trop vivement au sort du
Comte, pour ne pas être émue jusqu'aux larmes à la lecture de sa

lettre. Elle courut sur-le-champ la montrer à son Père, en le priant avec instance de donner les ordres les plus prompts pour changer la garnison du Château de Kerdac, et faire en sorte qu'elle ne fût composée que de Bretons sur la fidélité desquels on pût se reposer. Le Duc, généreux et sensible, accueillit, comme il le devait, la demande de sa Fille ; il s'occupa sans délai des mesures nécessaires pour mettre les jours de Henri à couvert de toutes les embûches qu'on pourrait lui tendre. Il manda Kantelet, et lui donna l'ordre de former pour la sûreté du Comte une Garde entièrement composée de Bretons connus pour être irréprochables et qu'il ne fût pas possible

de corrompre. Cet ordre était positif;
il fut exécuté avec la plus grande
promptitude , malgré les obstacles
indirects que Landais mit en œuvre
pour s'y opposer, et qui lui furent
plus nuisibles que profitables , en
faisant entrer dans le cœur de son
Maître quelques soupçons sur sa
fidélité.

François fit plus encore pour le
Comte; il voulut bien permettre que
sa Fille, pour adoucir les rigueurs de
sa captivité, et lui rendre sa situation autant supportable qu'elle pouvait l'être , entretînt avec lui un
commerce de lettres , sous la surveillance de la Comtesse de Rieux ,
sa Gouvernante, dont il connaissait

les mœurs et l'austère sagesse. Berthe
y consentit d'autant plus volontiers,
qu'elle avait elle – même la plus
grande confiance dans cette femme
respectable, dont elle avait fait sa
meilleure amie, et qui l'aimait de
son côté comme si elle eût été sa
propre fille.

Richemont s'empressa de profiter
de la permission que lui avait donnée
le Père de Berthe : il lui écrivait ré-
gulièrement, et Berthe ne lui faisait
pas attendre ses réponses. Toutes les
lettres passaient par les mains de la
Comtesse de Rieux, qui s'était fait
un devoir de les communiquer au
Duc. Cette correspondance roulait
tantôt sur l'Histoire, tantôt sur la

a.   D

Morale, et quelquefois même sur la
Politique. Richemont y développait
les grands principes qu'il eut occasion depuis de mettre en pratique et
qui assurèrent la gloire et la prospérité de son règne. Quelquefois il n'y
était question que de Littérature et
de maximes de galanterie chevale-
resque qui était alors dans la plus
grande vogue. Le Duc vit avec plaisir que sa fille y montrait des con-
naissances assez approfondies, tant
pour son âge que pour son sexe ; et
loin de s'opposer à ce commerce
innocent, mais peut-être dangereux,
il l'encourageait de tout son pouvoir
d'autant qu'il servait à perfectionner
l'esprit de sa fille, et qu'en outre il
faisait diversion aux e.muis du Comte

pour lequel il conservait l'affection la plus tendre.

Il y avait déja plus de six ans que sa captivité durait, sans qu'il pût apercevoir dans l'avenir l'époque de sa délivrance, lorsqu'on forma la maison de Berthe, qui venait d'atteindre sa dix-septième année. La Comtesse de Rieux fut nommée la Dame d'honneur, et le Comte, son époux, devint le premier Écuyer de la Princesse. Le Duc, son père, lui fit présent d'une assez belle Maison de plaisance, située non loin du Châ‡ teau de Kerdac, qu'habitait depuis long-temps l'infortuné Comte de Richemont.

Dès que sa maison fut montée,

Berthe témoigna beaucoup d'em-
pressement pour aller visiter sa nouvelle habitation, dont on lui avait
fait le plus grand récit; le retour
de la belle saison ajoutait encore
au désir qu'elle avait de parcourir
ce beau lieu ; mais le véritable
motif qui l'animait était l'espérance
d'y trouver les moyens de voir le
Comte, pour lequel son jeune cœur
commençait à ne plus être indifférent.

La renommée apprit bientôt à
Richemont que sa bienfaitrice allait
habiter un Château près de sa prison : il lui écrivit, dès qu'il la sut
arrivée dans sa nouvelle habitation,
pour lui présenter son hommage : il

lui manda qu'il n'avait jamais senti plus vivement son malheur et la perte de sa liberté , puisqu'il se voyait privé du plaisir de lui renouveler de vive voix l'assurance de son respect et de sa reconnaissance ; il lui témoigna d'une manière si énergique et si persuavive, combien il était touché de toutes ses bontés, que sa plume paraissait n'avoir obéi qu'à la seule impulsion de son âme, et finit en la priant de vouloir bien permettre que la Comtesse de Rieux vînt le visiter; c'était une nouvelle consolation qu'il attendait de la sensibilité qu'elle avait paru lui montrer, et de la juste pitié que son sort malheureux lui avait inspirée.

Berthe reçut avec un nouveau
plaisir la lettre du Comte, et ne put
s'empêcher de donner des pleurs au
récit touchant de sa longue infortune : elle permit, elle fit plus, elle
ordonna à la Comtesse de Rieux
d'aller le visiter de sa part et de
lui porter toutes les consolations qui
pourraient dépendre d'elle. La Comtesse y fut le lendemain même ; sa
présence fit le plus grand effet sur le
Comte , qui la connaissait depuis
long-temps, et qui conservait pour
elle l'estime la mieux méritée.

Rien de plus industrieux que les
prisonniers pour recouvrer le bien
qu'ils ont perdu. Richemont instruisit la Comtesse, qu'avec des soins

et de la patience, il était venu à
bout de se procurer des moyens sûrs
pour sortir à volonté de sa prison,
sans que personne pût s'apercevoir
ni même se douter de son évasion.
Le hasard lui avait fait découvrir,
dans l'appartement qu'il occupait,
une petite porte qui donnait sur un
escalier obscur, au moyen duquel, en
suivant un souterrain assez long,
qui tournait sur lui-même, on se
trouvait au bout d'un quart-d'heure
environ de marche, dans une ma-
sure abandonnée et à moitié dé-
truite, qui était située dans un petit
Bois à peu de distance du Château.
Il paraissait que ce souterrain, que
probablement depuis bien des années personne n'avait traversé, avait

autrefois servi à procurer, en cas
de siége, des secours à la garnison
du Château. Ce ne fut pas à la première tentative que le Comte vint à
bout de connaître tonte l'importance
de sa découverte; le laps de temps
lui suscita plusieurs obstacles, dont
sa patience le fit triompher après
plus de six mois de travail et de
soins.

Tout le monde dans le Château
ignorait absolument son secret, à
l'exception de deux personnes de
confiance qu'il avait mises dans sa
confidence, et qui, incapables de le
trahir, lui facilitaient au contraire
les moyens de sortir à sa volonté, et
s'occupaient sans cesse à détourner

de lui les moindre soupçons. C'était
par eux qu'il s'était procuré les
outils et tout ce dont il avait eu
besoin pour assurer le succès de son
entreprise ; ils l'avaient même al-
ternativement aidé dans ses tra-
vaux, et si le hasard avait été le
premier auteur de sa découverte,
ce n'était qu'à la persévérance qu'il
devait l'avantage d'en avoir pu
profiter.

Richemont ne sortait de sa retraite
que lorsque le jour avait fait place à
la nuit, et ne manquait jamais d'y
rentrer avant le retour de l'aurore.
Il devait à l'exercice qu'il lui était
facile de prendre, la conservation
de sa santé ; mais il ne sentit

véritablement le prix de sa découverte que du moment où il conçut l'espérance d'en profiter pour rendre ses hommages à la Princesse dont son cœur était violemment épris. Après qu'il eut fait part à la Comtesse de Rieux de ses projets et du désir qu'il avait de les réaliser : « Si l'indulgente et sensible Berthe, continua-t-il, daignait par commisération pour mes longs malheurs, m'accorder la permission de me présenter devant elle sans autre témoin que vous, et à l'heure où il m'est possible de jouir de moi-même, ce serait la plus grande faveur qu'elle pût faire au plus infortuné des hommes. Que je vous la doive, Madame, cette faveur précieuse, que vos bontés me rendront encore plus chère ; que le sort d'un mal-heureux proscrit touche votre cœur généreux ; daignez solliciter cette grâce, dont je vous jure d'être à jamais reconnaissant , et qui sera le premier rayon de bonheur dont j'aurai joui depuis si long-temps que je languis dans les fers! »

La Comtesse de Rieux sourit à la proposition de Henri ; l'exécution de son projet ne lui parut pas aussi difficile qu'il pouvait le craindre, et après quelques légères objections , elle lui promit de se charger de sa requête. Elle lui tint parole, et dès le surlendemain elle alla lui annon-cer de la part de Berthe, qu'elle

consentait à le recevoir à l'heure et
aux conditions convenues; elle ajouta que le Comte, son époux, accom-
pagné d'un homme dont la fidélité
était à toute épreuve, irait le prendre
au rendez-vous qu'il lui assignerait;
qu'il y trouverait un cheval; qu'il
serait introduit dans le Château par
une porte du parc, et qu'on le re-
conduirait avec les mêmes précautions jusqu'à l'entrée du souterrain.

Richemont s'empressa de témoigner à la Comtesse combien il était
sensible à son procédé généreux, et
lui jura de nouveau que si la fortune
cessait de lui être contraire, il n'ou-
blierait jamais le service essentiel
qu'elle venait de lui rendre, et la

reconnaissance qu'il devoit à tant de bontés. Après avoir concerté tous les arrangemens relatifs à cette expédition nocturne, la Comtesse prit congé de lui et retourna au Château rendre compte à Berthe de ce dont ils étaient convenus.

Le même soir, le Comte de Rieux alla prendre Richemont à l'endroit que ce dernier avait indiqué, et qu'il avait été reconnaître dans le jour, afin de ne point s'égarer. Henri l'attendait et le vit arriver avec transport ; il le serra dans ses bras en lui témoignant combien il sentait le prix de ce qu'il faisait pour lui. Le trajet ne fut pas long ; Henri fut introduit dans l'appartement de

Berthe par un escalier dérobé qui communiquait à celui de la Comtesse.

La jeune Princesse, dont la beauté était dans tout son éclat, et qui avait eu soin de la relever par une parure simple et modeste; mais qui semblait encore ajouter à ses charmes, le reçut dans un salon de l'intérieur de son palais, assise sur un fauteuil aux armes de sa famille; la Comtesse de Rieux était à sa droite, et le Comte, dès qu'il eut présenté Richemont à la Princesse, alla se placer à sa gauche. A la vue de cette charmante personne, le Prince resta comme en extase : ébloui de l'éclat de tant de charmes, il ne put

articuler que ce peu de paroles :
« Daignez pardonner, Madame, au
désordre où me jette votre présence
auguste. » En disant ces mots il
fléchit le genou devant la Princesse
qui s'empressa de le faire relever ;
puis il garda le silence comme pour
se remettre du trouble involontaire
qu'il venait d'éprouver. Il ne tarda
pas néanmoins à reprendre la parole,
et peignit à Berthe sa reconnaissance
avec des expressions si tendres et si
touchantes, qu'elle en fut attendrie
jusqu'aux larmes. Elle ne se lassait
point d'admirer la bonne grâce du
Comte, et la noblesse qu'il mettait
dans ses moindres discours.

Richemont n'oublia rien pour

inspirer à la jeune Princesse le plus
grand intérêt sur la situation pénible
à laquelle il se trouvait réduit ; il
n'en avait pas besoin : son âme, naturellement tendre et compatissante,
était trop bien disposée en sa faveur
pour que sa prière ne produisît pas
sur elle les heureux effets qu'il avait
droit d'en attendre. Elle lui donna
l'assurance la plus absolue qu'il pouvait compter à jamais sur ses bons
offices. Elle lui recommanda princi-
palement de mettre toute sa confiance dans le vertueux Kantelet,
qui était incapable d'en abuser ;
et surtout de se méfier de Landais, qui n'était qu'un traître vendu
à ses ennemis : elle lui conseilla
néanmoins de le ménager parce qu'il

était trop adroit pour n'être pas dangereux, et que d'ailleurs il avait sur l'esprit de son père un crédit absolu : elle finit par l'engager à se conduire de manière que cet homme abject ne connût pas le mépris qu'il faisait de sa personne.

Après une heure d'entretien, Richemont quitta la Princesse, pénétré de ses bontés et dans une ivresse difficile à décrire : son cœur sentit pour la première fois le pouvoir irrésistible de l'amour, et il ne s'en trouva que plus malheureux. En effet, sa position n'était rien moins que consolante : il s'ouvrait devant lui un avenir brillant, mais incertain. Prisonnier d'un Prince qui le

retenait par faiblesse; proscrit par
un Monarque puissant, jaloux des
droits de sa Couronne, qu'il ne pouvait espérer de conserver sans qu'un
compétiteur aussi dangereux que lui
serait dans le cas de la lui disputer;
sa tête mise à prix par ce même Monarque qui le redoutait trop pour
ne pas chercher tous les moyens de
s'en défaire; que pouvait-il attendre
d'une passion qui ne devait faire que
le malheur de sa vie, quand même,
ce qui n'était qu'un problème, la
Princesse viendrait à partager la
flamme qui le consumait?

Il savait que la Comtesse de Beaujeu, Régente du Royaume de France
pendant la minorité de Charles VIII,

négociait sous main le mariage de
son frère, avec Anne, sœur aînée de
Berthe, à la condition d'obtenir pour
dot le duché de Bretagne à la mort
de François II, sauf à indemniser
sa sœur d'une manière convenable.
Toutes ces considérations ne laissaient pas que de le tourmenter : ce
qui le rassurait néanmoins, c'est
qu'il avait été instruit en même
temps que le Duc de Bretagne avait
déterminé de ne marier Berthe que
lorsqu'elle aurait vingt ans accom-
plis. Elle n'en comptait encore que
dix-sept, et les trois années qui devaient s'écouler avant son mariage,
laissaient luire dans son âme une
sorte d'espoir qui donnait une nouvelle force à son amour. Il pouvait

arriver, pendant ces trois années,
un grand nombre d'événemens, dont
quelques-uns peut-être lui seraient
favorables et feraient changer de
face à sa fortune. Il conservait en
Angleterre un parti puissant qui
n'avait pas renoncé à l'espoir de le
porter sur le Trône, et qui n'attendait que le moment d'agir d'une manière efficace. Édouard n'était pas
généralement aimé ; il s'en fallait
de beaucoup ; les mécontens, et ils
étaient en grand nombre, ne l'épar-
gnaient pas : il ne fallait qu'une
étincelle pour produire un embrase-
ment général. Cette idée, quoique
peut - être chimérique, l'affermit
dans la résolution de parvenir, s'il
était possible à toucher le cœur de

Berthe ; il ne s'occupa plus que de trouver les moyens de la rendre sensible, et la manière dont elle l'avait accueilli, le confirma dans l'espérance qu'il avait conçue de trouver le chemin de son cœur.

CHAPITRE III.

CEPENDANT la sensible Berthe, à qui Richemont n'était rien moins qu'indifférent, fut obligée, à son grand regret, de retourner à la Cour de son père, et de quitter au moins pour quelque temps un séjour où elle aurait désiré de passer le reste de sa vie. L'image du Comte la suivit jusqu'au milieu des dissipations et des plaisirs que lui offrait une Cour galante et polie ; elle ne put se dissimuler qu'il avait touché son cœur ; l'absence ne faisait qu'allumer

le feu qui la consumait secrèt- ment,
et pour goûter au moins le repos
qu'exigeait sa pénible situation, elle
demanda la permission de faire un
nouveau voyage à sa Maison de plaisance, permission que son père, qui
était loin de soupçonner ce qui se
passait dans son cœur, ne fit aucune
difficulté de lui accorder. Vainement
elle cherchait à s'étourdir sur la passion qui la dominait ; l'amour est
ingénieux dans les moyens qu'il em-
ploie pour se satisfaire. Berthe qui
flottait encore incertaine entre son
devoir et son penchant, Berthe, sous
prétexte de juger si elle serait assez
maîtresse de son cœur pour voir le
Comte avec indifférence, tenta cette
dangereuse épreuve, et le fit instruire

de son arrivée, ce qui étoit lui dire
qu'il pouvait se présenter devant elle.

Effectivement, dès le lendemain
il fut introduit en sa présence par le
Comte de Rieux, avec les mêmes
précautions dont on avait usé lors
de leur première entrevue. Le Comte
se prétait d'autant plus volontiers à
favoriser Richemont, qu'il était lui-
même intime ami de Kantelet, et
que, n'étant pas exempt d'ambition,
il voyait dans cet illustre prisonnier
un Prince qui pouvait monter un
jour sur le Trône d'Angleterre, et de
la reconnaissance duquel il était en
droit de tout attendre.

Berthe ne fut pas médiocrement

surprise du changement qu'elle re-
marqua dans les traits du Comte de
Richemont. Il paraissait triste et
mélancolique; une douleur profonde
se manifestait sur son visage ; ses
yeux seuls avaient conservé leur
éclat, et semblaient exprimer l'a-
mour qui portait le désordre dans
ses sens. La Princesse fut vivement
émue de sa situation, et son cœur
eût été jusqu'alors insensible , qu'il
eût cédé de lui-même au sentiment
profond dont il était pénétré.

Après les premiers complimens
d'usage, Berthe instruisit Henri des
tentatives qu'elle avait faites auprès
de son père pour adoucir la rigueur
de sa situation; Kantelet, qui ne

cessait de veiller à ses intérêts, s'était joint à elle dans ce même dessein, et le Duc était très-disposé à lui rendre tous les services qui pourraient dépendre de lui, sans se compromettre, car la politique ne lui permettait pas de se brouiller avec un voisin dont il avait à redouter la puissance; il avait en conséquence déclaré, tant à sa fille qu'à Kantelet, qu'il ne pourrait mettre Richemont en liberté, tant que son rival verrait le jour: Landais était plus fortement que jamais dans les intérêts d'Édouard; il ne cessait d'appuyer ses prétentions, et tentait, mais inutilement, d'engager son Maître à livrer le Comte à son implacable ennemi. Ses efforts, à cet égard, étaient

inutiles ; François était trop généreux et trop homme de bien, pour
commettre une pareille lâcheté.

Les choses étaient en cet état,
lorsqu'Édouard envoya des Ambas-
sadeurs au Duc de Bretagne pour
lui faire de nouvelles propositions
très-avantageuses, à l'effet d'obtenir
qu'on remît Richemont entre ses
mains, le menaçant indirectement
de sa colère, s'il persistait dans le
refus de satisfaire son juste ressentiment. Landais, que les Ambassa-
deurs avaient comblé de présens de
la part de leur Maître, déploya
toute son éloquence pour déterminer François à ne pas dédaigner les
offres avantageuses qui venaient de

lui être faites ; mais Kantelet, qui
avait à plaider une meilleure cause,
fit sentir au Duc combien il se dé-
shonorerait, s'il violait, à l'égard de
Henri, les droits sacrés de l'hospitalité qu'il lui avait généreusement
accordée, et qu'il n'avait déjà que
trop méconnus en le retenant prisonnier contre le droit des gens.
François qui, quoique d'un caractère naturellement faible et pusil-
lanime, n'était rien moins qu'é-
tranger au sentiment de l'honneur,
déclara formellement aux Ambas-
sadeurs d'Édouard que rien ne serait
capable de le faire manquer à la
parole qu'il avait donnée au Comte,
en le livrant à leur Maître ; mais
qu'il lui promettait, et lui jurait

même de le retenir prisonnier dans ses Etats, tant que la sûreté de sa Couronne serait dans le cas de l'exiger : il ajouta que si, mécontent de sa réponse, Édouard lui déclarait la guerre, il mettrait sur—le-champ Henri en liberté, et lui déférerait le commandement de ses troupes, persuadé d'ailleurs que la justice de sa cause intéresserait le Ciel en sa faveur, et lui procurerait l'assistance de fidèles alliés, qui ne manqueraient pas de se ranger de son parti. Cette réponse ferme et courageuse imposa silence au timide Édouard ; son but n'était pas rempli ; mais il crut devoir dissimuler, et force lui fut, pour me servir des expressions d'une ancienne Chronique, de se

F 3

contenter de la promesse du Duc de
Bretagne.

Cet événement obligea Berthe de
retourner à la Cour plus promptement qu'elle ne se l'était proposé, et
d'interrompre les visites assez fré-
quentes que lui faisait le Comte : l'intérêt de son amant exigeait qu'elle
fût à portée de veiller à ce qu'il n'é-
prouvât point une plus grande in-
justice, par une nouvelle violation
du droit des gens. Effectivement, un
jour que son père lui fournit l'occasion de parler de ce qui se passait,
elle prit sur elle de lui représenter,
avec la plus grande énergie, combien
était injuste l'engagement qu'il avait
pris de retenir le Comte dans les fers

tant que son compétiteur existerait.
« Je le sais, répondit avec bonté le
Duc à sa fille, le Comte est bien
malheureux; je suis loin de le dissimuler, et sa situation est tellement
déplorable que je ne saurais y songer
sans que le cœur ne m'en saigne;
mais tel est le sort des Princes; ils
sont quelquefois obligés de s'écarter
des bornes d'une étroite justice, pour
éviter les malheurs qu'une probité
trop sévère attirerait sur eux. La
sûreté de mes États et le bonheur
de mes Sujets doivent l'emporter sur
toute autre considération. J'adouci-
rai la captivité de Richemont par
tous les moyens qui seront en mon
pouvoir. Je ne me dissimule point
que je blesse, par ma conduite, les

droits de l'hospitalité que je lui ai
donnée; mais qu'il se mette à ma
place et qu'il me juge. La position
où je me trouve est d'autant plus
embarassante, que je me vois dans
l'obligation d'immoler la justice à
l'intérêt de mon peuple. Le Comte
demeurant mon prisonnier, m'est un
garant assuré qu'Édouard, qui le
craint, me ménagera tant qu'il sera
en mon pouvoir Si je lui rendais la
liberté, je ferais sans doute un acte
de justice; mais après la parole que
j'ai donnée à Édouard, je ne serais
plus à ses yeux qu'un perfide. En le
gardant, je passerai dans le monde
pour un politique adroit; mais ce
n'est pas l'intérêt de ma réputation
qui l'emporte dans mon cœur; je fais,

à mes Sujets seuls le sacrifice de mes
sentimens. A ce titre, dont un jour
peut — être il connaîtra toute la valeur, je crois mériter l'estime même
de Richemont. »

Berthe n'avait rien à répliquer au
discours de son père; mais elle fut
d'autant plus affligée de sa résolu—
tion à l'égard de l'infortuné Henri,
que l'amour qu'il lui avait inspiré
faisait des progrès rapides dans son
jeune cœur. La raison lui disait d'en
bannir un sentiment trop tendre, qui
ne pouvait que faire le tourment de
sa vie ; elle parut écouter sa voix ;
elle parut triompher un moment de
sa foiblesse. Le retour de l'hiver qui
commençait à se faire sentir , lui

servit de prétexte pour ne pas retourner à sa maison de plaisance, et
cesser de recevoir les visites du Comte,
dont la vue aurait bientôt ébranlé
la résolution courageuse qu'elle avait
prise ; mais un pareil effort était trop
au—dessus de ses forces : elle passa
l'hiver sans prendre aucune dissipa-
tion, et sans se livrer aux plaisirs que
cette saison a coutume de ramener.
Sa santé s'altéra visiblement, et les
Médecins consultés sur son état,
contre lequel leur art échoua, déci-
dèrent qu'il fallait profiter du retour
prochain du printemps pour lui faire
respirer l'air pur de la campagne,
qui pouvait seul lui rendre la santé.

Irrésolue sur le parti qu'elle avait à

prendre, Berthe se trouvait dans une position vraiment embarassante : elle ne savait si elle devait retourner à sa Maison de plaisance et s'exposer à revoir son amant, ou demander à son père un autre de ses Châteaux ; mais sa passion dont une pareille contrainte n'avait fait qu'accroître la violence et qui régnait plus que jamais dans son cœur vainement combattu, l'engagea à se rapprocher dn Comte, et il fut décidé qu'on s'occuperait des préparatifs néces-saires pour son départ.

Elle fut à peine arrivée dans son Château, que Richemont, qui n'avait pas tardé d'être instruit de son re-tour, et que la nouvelle de sa maladie avait singulièrement affligé, lui fit demander la permission de se présenter devant elle, permission qu'il n'eut pas de peine à obtenir. Il était pâle, triste, abattu, et tout son extérieur peignait le chagrin dévorant dont il était consommé. Berthe qui voulait affecter une gaîté qui était bien loin de son cœur, lui fit la guerre sur sa tristesse : « Je serais tentée de croire, lui dit-elle, que ma présence vous afflige : si je pouvais l'imaginer, j'abandonnerais dès demain ce séjour, quoiqu'il me plaise infiniment. Si vous avez de nouveaux chagrins, confiez-les moi sans réserve, et s'il dépend de moi de les adoucir, je m'y emploierai de tout mon pouvoir ; mais vous ne pouvez

disconvenir que vous êtes bien différent de ce que je vous ai vu il y
a quelques mois. » « Il est vrai,
répondit le Comte ; mais aussi je
suis plus à plaindre que je ne l'ai
jamais été. Une mélancolie profonde
me dévore ; la vie me devient in-
supportable, et si l'espoir de vous
présenter quelquefois mon hommage, n'allégeait le poids de mes
longs chagrins, il y a long-temps
que la mort aurait mis un terme aux
tourmens que j'endure. — « Quelle
est donc, » répliqua Berthe qui fei-
gnait de ne pas comprendre le sens
de ses paroles, « quelle est donc la
nouvelle infortune qui vous accable,
et dont j'ignore le motif ? est-il en
mon pouvoir d'y porter quelque

adoucissement? Parlez et soyez sûr
qu'il ne tiendra pas à moi que vos
chaînes ne deviennent ou plutôt ne
vous semblent plus légères. — Vous
pouvez tout, Madame. — Parlez,
Richemont. — Je ne le puis. — Je
l'exige. — Plutôt mourir. — Encore
une fois je vous l'ordonne. »

Madame de Rieux venait de sortir
pour un moment; le Comte se trouvait seul avec Berthe; il saisit l'occasion favorable, se précipite à ses
genoux, et prend une de ses mains
qu'il porte respectueusement à sa
bouche; puis d'une voix altérée:
« Vous voyez à vos pieds, Madame,
le plus coupable des hommes. » Après
ce peu de mots, il se tut et baissa les

yeux. — « Vous coupable ! Richemont, reprit Berthe, je ne puis le
croire ; mais achevez : quel est donc
votre crime ? — Il est tel que mon
secret ne peut s'échapper de ma
bouche, sans me rendre plus coupable encore. —Vous m'étonnez : ex-
pliquez-vous. — Vous allez me haïr,
m'abandonner, me défendre votre
présence. — Je ne vous comprends
pas. —Je suis le plus téméraire, le
plus insensé des hommes, puisqu'il
est vrai, divine Berthe... Je ne puis
en dire davantage. — Poursuivez.—
Non, jamais. — Je le veux. — Vous
l'exigez ? — Oui. — Eh bien ! dussé-
je perdre vos bontés, dussé-je encourir votre indignation.... Je ne
suis plus le maître de me taire ;

mon secret n'est plus à moi. Je vous
aime ; c'est trop peu dire, je vous
adore, et la mort seule pourra étein-
dre dans mon cœur le feu dont vous
l'avez embrasé. »

Après cet aveu, Henri baissa la tête,
attendant, en silence, l'arrêt que
Berthe allait prononcer. Ce fut alors
que le coloris le plus vif anima les
joues de la Princesse ; elle fut un
moment troublée et garda comme
lui le silence ; mais elle se remit
promptement, et regardant le Comte
avec une fierté mêlée de douceur,
et qui peignait plutôt la tendresse
que le courroux : « votre démarche,
Prince, est au moins téméraire, lui
dit Berthe, et je devrais en être

vivement offensée ; cependant je ne serai point assez dissimulée pour déguiser ce que je pense ; je ne vous cacherai même point que j'ai pour vous des sentimens bien différens de ceux qu'on éprouve pour les infortunés ou pour les personnes indifférentes. J'irai plus loin ; je suis assez sincère pour vous avouer que si mon sort dépendait de moi, je ne choisirais point d'autre époux que Richemont. Ce n'est point le Trône auquel il a des droits qui dirige le penchant de mon cœur : je le préférerais proscrit et malheureux au Monarque le plus puissant. Mais je dépends de mon Père ; c'est à lui qu'il appartient de régler mon sort ; et la Politique seule fixera le choix

G 3

de celui qui obtiendra ma main. Si je croyais que mon Père ne consultât que mon bonheur, je lui répèterais l'aveu que je viens de vous faire ; mais mon devoir est de garder à cet égard un profond silence. Je vous plains ; je ne suis peut-être pas moins à plaindre que vous ; mais il faut nous résigner à notre sort, et tâcher de vaincre un penchant qui ferait le tourment et le malheur du reste de nos jours. »

Le retour de la Comtesse de Rieux mit fin à ce tendre entretien ; et les deux Amans se continrent de manière qu'elle ne put soupçonner ce qui venait de se passer entre eux. Mais rien ne peut se comparer à l'ivresse de Richemont en écoutant le discours de Berthe ; toutes ses infortunes s'effacèrent de son esprit pour le moment ; il oublia ses fers et les périls qui environnaient ses jours : il ne vit, il ne sentit que le bonheur d'être aimé de Berthe, et toute autre considération s'évanouit devant cette idée. Il ne calcula ni les difficultés qu'il avait à surmonter pour obtenir sa main, ni les chagrins que cette passion pouvait lui préparer : il ne s'occupa que de l'objet qui occupait son âme toute entière, et ne rêva plus qu'aux moyens de parvenir à être l'époux de Berthe.

Il lui écrivit le lendemain une lettre dans laquelle il traça en

caractères de feu le sentiment dont
il était animé, et lui jura que dans
quelque état que le sort le plaçât, il
n'aurait jamais d'autre épouse qu'elle
et ne renoncerait à son amour qu'en
perdant la vie. Il trouva le moyen
de la faire remettre à Berthe, sans
qu'elle passât par les mains du
Comte ou de la Comtesse de Rieux,
et ce fut une nouvelle consolation
pour lui de savoir que personne n'aurait connaissance d'un secret qu'il
était essentiel pour tous deux d'ensevelir dans les ombres du plus profond mystère.

Berthe, à la lecture de ce billet
sentit vivement tout ce que le Comte
venait d'exprimer ; des larmes s'é-

chappèrent de ses yeux attendris.
Subjuguée par l'amour qui la maî-
trisait et qu'elle ne pouvait plus se
dissimuler, elle se dit à elle même:
« mon cœur l'a choisi ; je ne veux
plus combattre mon penchant ; je
ne veux point attendre que Richemont soit heureux et puissant pour
me déclarer. Loin de moi, toute
idée d'intérêt ou d'ambition ; je ne
vois dans Richemont que Richemont, il sera mon époux, je n'en
aurai jamais d'autre que lui. » Puis
après un moment de silence et de
réflexion : « Berthe ! Berthe ! l'a-
mour t'égare : que de maux le parti
que tu veux prendre est dans le cas
de te préparer ! Songe, avant de
te livrer à ta passion, à tous les

dangers, à tous les tourmens qui peuvent en résulter, tant pour ton amant
que pour toi , et ne t'abandonnes
point aveuglément à un fol amour
qui te conduirait infailliblement à
ta perte. Mais que dis-je ? et qui
peut m'arrêter. Je pourrais écoutant les conseils d'une prudence timide, sacrifier mon bonheur et celui
de mon amant aux plus vaines considérations ! Mon cœur n'en est pas
capable. Que m'importent le rang
et les grandeurs ? Je ne vois que Richemont : plus il est malheureux,
plus il est digne de toute ma tendresse. Je me ferais honte à moi-
même , si je pouvais m'occuper un
seul instant de l'idée du Trône sur
lequel le hasard peut le porter : c'est

Richemont proscrit et malheureux
que j'aime ; sa main est pour moi
d'un plus grand prix que la possession du premier Trône de l'Univers;
nul autre que Richemont ne sera mon
Epoux. »

CHAPITRE IV.

L'AMOUR faisoit des progrès d'autant plus rapides sur le cœur de la sensible Berthe , que les obstacles qui pouvaient s'opposer à son bonheur , semblaient se multiplier de jour en jour. Elle faisait des voyages assez fréquens à la Cour de son Père ; mais son séjour le plus habituel , et celui pour lequel elle montrait une préférence marquée, était sa Maison de plaisance. Ce bel endroit naturellement fait pour plaire par sa situation et ses agrémens , empruntait encore de nouveaux charmes par la présence de la Princesse qui s'occupait sans cesse à l'embellir : chérie du Comte et de la Comtesse de Rieux, qui l'aimaient comme leur propre fille, elle était parvenue à les subjuguer au point qu'ils n'avaient pas la force de s'opposer à la moindre de ses volontés. Elle ne leur avait point fait mystère des sentimens que lui avait inspirés Richemont, et comme ils ne voyaient en lui que le Souverain futur d'un grand Royaume, ils n'avaient pas cru devoir combattre un penchant, qui n'avait rien en soi de criminel, et qui d'ailleurs pouvait les conduire à la plus brillante fortune.

Chaque fois qu'ils se voyaient, et

c'était le plus souvent que les circonstances pouvaient le permettre,
Berthe et Richemont se juraient
un amour éternel : ils se flattaient
que le Duc de Bretagne ne refu-
serait point son consentement à leur
union, surtout si Henri recouvrait
le Trône d'Angleterre, et en cela ils
n'avaient pas tort ; mais il fallait
trouver le moyen de faire valoir
ses droits; cela pouvait être long,
et en attendant il était possible que
le Duc de Bretagne cherchât à
pourvoir sa fille d'une autre manière. Cet obstacle ne causait aucune inquiétude à la Princesse ;
elle avait la plus grande confiance
dans la tendresse de son Père
pour elle, tendresse qui comme

on l'a dit, allait jusqu'à la faiblesse.

Elle fit part à son amant de ses
projets et de ses espérances : il fut
décidé entre eux et le Comte de
Rieux que Richemont ferait pressen-
tir adroitement, par Kantelet, que
l'on avait mis dans le secret, le Duc
de Bretagne sur ses intentions relativement à l'établissement de sa se-
conde fille ; et les prétentions de
Henri à sa main. François était
bon par caractère; il aimait Berthe
et Richemont avec une tendresse
sans bornes. Il ne rejeta point les
propositions du Comte ; au contraire il en accepta l'augure avec
plaisir, et lui fit dire qu'il ne

tiendrait pas à lui de hâter cet heureux moment.

D'après des dispositions aussi favorables , les deux Amans se livrè-
rent sans scrupule à toute leur tendresse : elle les égara même au point
qu'ils résolurent de s'unir , sans l'a-
veu du Pere de Berthe , bien per-
suadés qu'il ne le donnerait que lorsque la situation de Richemont aurait changé de face. Ils firent part de
ce projet au Comte et à la Comtesse
de Rieux, qui n'osèrent ou qui ne crurent pas devoir se refuser à leurs désirs. Kantelet , qu'ils consultèrent
aussi, fut moins facile à gagner ;
mais ils lui dirent de si bonnes raisons et plaidèrent leur cause avec

tant d'éloquence qu'ils finirent par le ranger de leur parti.

On s'occupa en conséquence des préparatifs nécessaires pour leur mariage qui se fit dans la chapelle de la Maison de Berthe : l'archevêque de Cantorbery , qui avait été obligé de quitter son Siége à cause de son dévouement à la Maison de Lancastre, bénit leur union , en présence du Comte de Rieux , de Kantelet, et de deux Anglais de la plus haute distinction , attachés à la fortune de Henri , et qui avaient toute sa confiance : les précautions que l'on prit empêchèrent qu'on eut tant au dedans qu'au dehors du Château la moindre connaissance de ce qui s'y

passait ; on ne mit dans la confidence que le Concierge , sur la fidélité duquel on pouvait compter , et
qui ne fut même initié dans ce mys—
tère qu'autant qu'il était nécessaire
pour ne rien déranger.

Les deux époux continuèrent de
vivre comme s'ils n'avaient point été
unis : c'était une des conditions pres-
crites par le Comte et la Comtesse de
Rieux, afin de prévenir les dangers
qui auraient été dans le cas de résulter de ce mariage, si des circons--
tances imprévues l'eussent fait con—
naître. Berthe retourna quelques
jours après à la Cour ; jamais elle
n'y porta un cœur plus satisfait. Le
Comte, pendant son absence , lui

écrivait souvent ; mais toujours avec beaucoup de prudence et de circonspection, dans la crainte de se compromettre ainsi que ceux qui les avaient favorisés, et sans le secours desquels ils ne seraient jamais venus à bout de leur projet.

Berthe et Kantelet, surtout, s'occupaient sans cesse à tenir les yeux ouverts sur la conduite de Landais et les satellites d'Édouard. Quelque attention qu'ils apportassent dans une surveillance aussi délicate, ils furent si mal servis ou tellement trompés par les agens secondaires qu'ils étaient obligés d'employer, que le Comte se vit sur le point d'être la victime des perfidies de son implacable ennemi , qui ne cessa qu'à la mort de le persécuter.

Édouard, que sa conduite rendait de plus en plus indigne du Trône qu'il occupait, avait épuisé toutes ses ressources auprès du généreux Duc de Bretagne, sans pouvoir le déterminer à lui livrer Richemont. Il ne cessait d'entretenir une correspondance suivie avec Landais, auquel il envoyait des sommes considérables , tant pour lui qu'à l'effet de ne rien épargner pour faire enlever le Comte , mais tout avait été jusqu'alors inutile , au moyen des précautions que Kantelet et ses amis prenaient sans cesse pour assurer la conservation de ses jours.

Il résolut de mettre en avant une
nouvelle proposition d'autant plus
perfide, qu'il étoit presque impossible au Duc de ne pas donner dans
le piége qu'il tendait à sa bonne foi.
Il dépêcha vers ce Prince un nouvel
Ambassadeur, chargé de proposer
de sa part au Comte de Richemont
de terminer leurs différends, en lui
donnant la main d'Élisabeth, sa
Fille, avec un État considérable dans
son Royaume, et la promesse solen-
nelle de succéder à sa Couronne, soit
pour lui, soit pour ses descendans,
à défaut de la ligne directe ; ce qui
ne pouvait souffrir aucune difficulté,
le Trône d'Angleterre étant dévolu
de droit aux filles, lorsqu'il ne se
trouvait pas d'Hoirs mâles habiles

à y monter. Au moyn de cet arrangement, il publiait nec amnistie générale, et mettait n aux guerres
civiles, qui depuis luisieurs siècles
avaient fait couler amt de sang et
conduit sur l'échafaud les personnages les plus recommandables.

Cette propositioi ffut bien ac-
cueillie ; le Duc de Biretagne, qui
était la loyauté même, était bien
loin d'en soupçonne lle but ; il la
crut sincère, et se félicita de pouvoir rendre un service essentiel à
Richemont, du consentement duquel il ne doutait pas, ou du
moins croyait ne poivoir pas douter. Il ignorait son mariage avec
sa Fille, et les obstacles que le

dans un petit bois assez épais, une troupe d'hommes armés qui enlevèrent le Comte à la moitié du chemin, et se hâtèrent avant qu'on pût aller à leur poursuite, de gagner, avec leur proie, le port de Saint-Malo, où les attendait un vaisseau prêt à mettre à la voile. Ils ne firent aucun mal au Gouverneur et aux deux Gardes qui, surpris par eux, ne purent leur opposer aucune résistance ; mais ils les entraînèrent dans le bois, où ils les abandonnèrent après les avoir liés et garrottés : ils y restèrent la plus grande partie du jour, et ne furent délivrés que par des Bûcherons qu'ils appelèrent à leur secours et qui les mirent en liberté.

Richemont fut assez heureux, en entrant à Saint-Malo, où son arrivée causa une espèce de mouvement, pour tromper la surveillance de ses ravisseurs. Favorisé par le Peuple, qui se déclara pour lui, il s'échappa de leurs mains et gagna l'église cathédrale, qui était en possession de jouir du droit d'asile. Les Anglais, réunis en assez grand nombre, voulurent l'en arracher de force; mais les Malouins, qui crurent voir du louche dans leur conduite, et qui d'ailleurs ne les aimaient pas, soutinrent leur privilège, et menacèrent de punir de mort quiconque tenterait de le violer.

Les Anglais, n'ayant plus d'autre

I.

I

ressource, versèrent l'or à pleines
mains pour tâcher de les séduire ;
mais ils prirent une peine inutile :
les Malouins étaient trop attachés à
leurs droits pour souffrir qu'on y at-
tentât de quelque manière que ce
fût.

Cependant Berthe apprit presque
aussitôt, par une voie indirecte, la
violence que l'on avait faite à Richemont ; elle ne douta pas un moment
du sort qui l'attendait à Londres, s'il
avait le malheur d'y être conduit ;
sa crainte à cet égard n'était que trop
fondée. Elle ignorait ce qui se passait
à saint Malo, et croyait déjà le voir
loin du rivage , cinglant à pleines
voiles vers les côtes d'Angleterre.

Elle forma le projet hardi , mais
généreux, de l'y suivre, et fit part
de sa résolution à la Comtesse de
Rieux, qui prit la liberté de lui faire
à cet égard les représentations les
plus sages.

« Réfléchissez, lui dit-elle, aux
conséquences funestes que peut avoir
votre amour pour un Prince infortuné, digne, il est vrai, de toute
votre tendresse, mais qu'il n'est pas
en votre puissance d'arracher au sort
malheureux qui le poursuit. Vous
me direz que Richemont est votre
Époux, et que vous lui devez le
sacrifice entier de vos jours ; j'en
conviendrai sans peine ; mais votre
mariage n'est connu que d'un petit

nombre de personnes, et votr e démarche, qui ne paraîtra qu'inco ns
dérée, va vous couvrir d'une honte
éternelle. Pouvez — vous songe rà
quitter le Palais de votre Père, à
vous exposer enfin, pour voler à la
défense d'un infortuné, que tous vos
efforts n'arracheront point à l'échafaud qui l'attend. Je sais, je vous le
répète, que ce malheureux Prince est
votre Époux ; j'avoue que je me suis
prêtée à serrer des nœuds dont je ne
prévoyais pas alors la conséquence
funeste ; je conviens même que votre
conduite est conforme à votre caractère et au devoir que vous impose le
titre d'Épouse ; mais encore une fois,
tout le monde n'est pas juste, et vous
allez encourir le blâme universel. »

« Je mériterais de l'encourir , » reprit Berthe, avec autant de dignité que de fang-froid, « si j'étais assez faible pour suivre vos lâches conseils; je n'en veux prendre que de mon cœur, c'est le guide le plus sûr que je puisse choisir. Je me mets au-dessus du préjugé ; je brave les vains discours des hommes. S'en trouvera-t-il d'assez vils, pour ne pas approuver une femme qui veut s'exposer pour sauver les jours de son Epoux, ou du moins mourir avec lui. — Madame, vous ne partirez pas , répliqua la Comtesse; je réponds de votre auguste personne , et je ne souffrirai point que vous vous déshonoriez par une démarche dont le blâme retomberait sur moi tout autant que sur

I 3

vous. Si vous persistez dans votre
résolution , je vous fais consigner
dans ce Château et je cours trouver
votre respectable Père ; je me jette à
ses pieds ; je lui découvre votre mariage et la faiblesse que j'ai eue d'y
donner les mains ; je m'abandonne à
sa miséricorde , en lui revélant le
dessein que vous avez de fuir ; mon
devoir et l'honneur me l'ordonnent.
— Cruelle , poursuivit Berthe avec
un transport dont elle ne fut pas maîtresse; arrêtez! Si vous faites un pas ,
je m'arrache la vie. »

Berthe effectivement tomba dans
une espèce d'agonie , de délire et
d'égarement , dont la Comtesse eut
beaucoup de peine à la faire revenir :

elle fut pendant plus d'une heure dans
un état si alarmant, que Madame
de Rieux se repentit de l'avoir provo-
qué par son refus. Lorsque la Princesse, rendue à elle-même, eut un
peu repris l'usage de ses sens, elle
demanda d'un air tranquille, mais
décidé, si tout était prêt pour son
départ, et lui réitéra l'ordre de
prendre les arrangemens nécessaires
pour qu'elle put se mettre en route
à l'entrée de la nuit. « Ne convien-
drait-il pas, Madame, lui répliqua
la Comtesse » qui la voyait décidée
à partir, et craignait qu'elle ne re-
tombât dans l'état fâcheux d'où elle
ne faisait que de sortir, « ne con-
viendrait-il pas qu'avant votre départ, vous allassiez voir votre Pere

et votre Sœur, afin d'ôter tout soupçon et de pouvoir entreprendre votre
voyage avec plus de sûreté ? » Le
but de Madame de Rieux, en lui
donnant ce conseil, était de l'ame-
ner insensiblement à renoncer à son
projet : soit qu'elle devinât son motif, soit toute autre raison, Berthe
refusa de souscrire à cette proposition. « En ce cas, Madame, reprit
alors la Comtesse, mon parti est
pris ; vous ne partirez pas seule :
mon époux et moi vous accompa-
gnerons. Quelque soit le sort que
l'avenir nous réserve, nous vous de-
vons cette nouvelle marque d'attachement, et nous sommes résolus à
sacrifier, s'il le faut, notre vie
pour vous. Je vais disposer tout

pour votre départ, et dès que le
jour aura fait place à la nuit, nous
nous rendrons dans le Parc ; une
voiture sera prête à quelques pas de
la porte pour vous recevoir, et nous
partirons sans qu'on puisse se douter
de notre dessein. Monsieur de Rieux
nous accompagnera à cheval ; nous
serons déjà bien éloignés avant qu'on
s'aperçoive de notre fuite, et demain
à la pointe du jour, nous serons hors
d'atteinte. »

Ce discours tranquilisa Berthe et
lui fit attendre la nuit, non sans impatience, mais avec assez de tranquillité : elle sortit à la chute du jour
avec la Comtesse, comme pour se
promener, ce qui leur arrivait assez

souvent dans la belle saison, et ne
surprit personne : elles arrivèrent à
une porte du Parc qui ne servait
point de passage, et que le Comte
avait laissée entr'ouverte, pour leur
faciliter les moyens de sortir : elles
le trouvèrent avec la voiture dans
laquelle elles montèrent ; le conduc-
teur, quoique le Comte fut sûr de
sa discrétion, n'était point dans la
confidence, et leur départ fut aussi
secret qu'il pouvait l'être.

Il y avait à peine une heure qu'ils
étaient en route, lorsque le Comte,
qui, comme on l'a dit, accompagnait la voiture à cheval, vit venir
à lui deux cavaliers, dont au clair
de la Lune qui était dans son plein,

il reconnut bientôt l'un pour être
Kantelet , qui , suivi d'un seul
domestique, se hâtait d'arriver à la
Cour du Duc de Bretagne , pour lui
faire part de l'enlèvement du Comte
de Richemont , qu'il venait d'apprendre , et du peu de succès qu'il
avait eu , grâce à la retraite de ce
malheureux Prince dans l'Église cathédrale de saint Malo. Il arrivait
en toute diligence pour réclamer auprès de François les secours nécessaires à l'effet de le tirer des mains
de ses Ravisseurs. Il reconnut le
Comte de Rieux presque en même
temps, et ne fut pas médiocrement
surpris de le voir à pareille heure
sans suite sur une grande route,
accompagnant une voiture , qui

s'avançait avec rapidité. Ce voyage
paraissait annoncer quelque chose de
mystérieux. Il était assez libre avec
le Comte pour lui en demander le
motif, et ce dernier le connaissait
trop pour ne lui rien cacher à cet
égard. D'ailleurs Kantelet était intime ami de Richemont et le confi-
dent de ses plus secrettes pensées :
c'était un titre plus que suffisant
pour justifier l'aveu qu'il lui fit du
but et des motifs de leur démarche.
Il s'avança vers la voiture de Berthe,
qui lui fit part, sans hésiter, de la résolution où elle était d'aller à Londres,
pour arracher son Epoux à la mort,
ou périr en même temps que lui,
si ses efforts devenaient inutiles.
« Qu'entends-je ? » lui dit Kantelet;

« je ne puis qu'applaudir à votre courage, quoiqu'il ne produirait aucun résultat avantageux, si Richemont était effectivement à Londres ; mais rassurez-vous, il n'y est point, et j'ose espérer que les manœuvres de son perfide ennemi tourneront à sa honte ; mais il faut lui porter un prompt secours : il lutte depuis deux jours contre l'or et l'intrigue des Satellites d'Edouard, soutenus et protégés par Landais, et il n'y a qu'un ordre exprès du Duc de Bretagne qui puisse le tirer de cette fâcheuse extrémité. Ce que je ne conçois pas, c'est que votre généreux Père n'ait pas vu le piége qu'on lui tendait, et qu'il ait pu consentir à le livrer à ses ennemis. »

I.   K.

Berthe interrompit Kantelet pour
lui conter en peu de mots de quels
moyens Landais s'était servi pour
surprendre la religion de son Père.
« Eh bien ! » reprit Kantelet avec vi-
vacité, « tout n'est pas désespéré; sau-
vons ce Prince infortuné ; il en est
temps encore ; mais nous n'avons pas
un moment à perdre. Retournez à la
Cour ; venez avec moi chez le Duc,
votre Père, et joignez vos instances
aux miennes pour en obtenir un
prompt secours. Il est bon, généreux
et sensible; il est plus, il est honnête
homme, il ne sera pas difficile de le
persuader qu'on l'a trompé, et nous
en obtiendrons les ordres nécessaires
pour déranger, encore une fois, les
odieuses manœuvres d'Édouard. »

Berthe se rendit aux raisons que lui allégua Kantelet pour la déterminer : elle rebroussa chemin, et son premier soin en arrivant au Palais de son Père, fut de l'aller trouver ; il y avait déjà quelque temps qu'il était couché ; mais cette affaire ne pouvant souffrir aucun retard, elle lui fit demander une audience qu'il ne lui refusa pas. Kantelet accompagnait la Princesse ainsi que le Comte et la Comtesse de Rieux. Ils lui apprirent ce qui se passait, et l'abus qu'on avait fait de son autorité. Le Duc ignorait tout ; il avait été surpris de ne point voir Richemont qu'il avait mandé pour lui faire part des propositions d'Édouard ; mais Landais lui avait dit

qu'une indisposition qui lui était
survenue ne lui avait pas permis de
se rendre à ses ordres : il attendait la
nouvelle de son embarquement pour
annoncer à son Maître que des bri-
gands inconnus l'avaient enlevé sur
la route et conduit à Londres.

François prit le plus vif intérêt à
la situation du Comte : il fut indigné
qu'on eût abusé de sa bonne foi pour
le perdre , et manqué aux égards
qu'on lui devait en violant son ter-
ritoire d'une manière aussi marquée.
Il prit sur—le—champ les mesures les
plus efficaces pour sauver le Comte ;
il envoya pour le tirer de son asile
et le reconduire dans sa prison, une
troupe aguerrie et sur la fidélité de

laquelle on pouvait compter. Les Anglais voyant que leur coup était encore une fois manqué, prirent la fuite, et Richemont dut en partie au courage et à l'activité de Berthe, le bonheur d'échapper à la mort qui l'attendait, s'il eût une fois quitté le Continent.

Le Comte de Rieux avait, en arrivant, eu la précaution de dépêcher un courrier à la Maison de plaisance de la Princesse, pour y donner avis de son départ précipité, et empêcher, par ce moyen, que le véritable motif de son voyage ne fût connu.

Le perfide Édouard, qui ne cessa pendant tout le cours de son règne,

K 5

de teindre les échafauds du sang le
plus illustre, ne put venir à bout de
joindre à ses victimes celle qui lui
importait le plus de sacrifier. Il fut
encore une fois trompé dans son attente; mais cette affaire tourna mal
pour Landais : sa conduite en cette
dernière circonstance avait commen-
cé à ouvrir les yeux de son Maître.
Vainement il tenta de le persuader
qu'il ne trempait pour rien dans ce
complot; l'aveu d'un de ses com-
plices, avant de subir leur jugement,
découvrit la vérité. Le Peuple indigné demanda sa tête à grands cris;
le Duc fut obligé de l'abandonner à
la rigueur des loix. Comme on ne le
craignait plus, les dépositions les
plus terribles s'accumulèrent contre

lui. Il fut convaincu d'une foule de crimes, plus affreux les uns que les autres ; et généralement détesté , il paya de sa tête la faveur passagère dont il avait joui. François qui conservait encore quelque faible pour lui, n'osa pas cependant lui faire grâce. Ses juges le condamnèrent d'une voix unanime à être pendu , et le même jour il fut exécuté , à la satisfaction générale.

Berthe, tranquille sur le sort de son Époux, ne tarda pas à faire un nouveau voyage à sa Maison de plaisance. Avec quels doux transports elle revit le Comte, dont elle avait craint d'être séparée pour toujours. Il fut convenu entre eux et leurs amis, qui

se réunirent à cet effet, qu'on pren-
drait les précautions les plus sévères
pour qu'un pareil événement ne se
renouvelât plus. Kantelet promit de
son côté la surveillance la plus exacte;
mais elle devint moins nécessaire depuis la juste punition du perfide qui
avait été l'unique auteur de toutes
les traverses qu'ils avaient éprouvées.

~~~~~~

CHAPITRE V.

Berthe et Richemont passèrent environ deux ans dans la sécurité la plus profonde, sauf l'ennui de la captivité de son Époux, qui lui pesait d'autant plus qu'il en ignorait le terme. Il recouvra néanmoins sa liberté au moment où il s'y attendait le moins, et où il était encore loin de l'espérer.

Édouard IV mourut à quarante-un ans, après vingt ans de règne, laissant la Couronne à son nom d'Édouard V. Son Oncle Richard Plantagenet , qui était son Tuteur, ne tarda pas de s'en débarrasser, parce qu'il était un obstacle à ses vues ambitieuses, en le faisant étrangler (1) dans la Tour de Londres, ainsi que son jeune Frère Fils, âgé de douze ans, qui régna pendant environ deux mois, sous le

------

(1) Les Historiens ont varié sur le genre de mort que subirent ces infortunés Princes; mais on ne doute plus aujourd'hui qu'ils n'aient été étranglés. Sous le règne d'Élisabeth, la Tour de Londres se trouvait extrêmement pleine; on fit ouvrir la porte d'une chambre murée depuis long - temps. On y trouva deux petits squelettes ;

Richard, et s'empara du Trône qu'il
ne garda qu'environ deux ans et
demi.

Berthe fut instruite une des pre-
mières de la mort d'Édouard IV :
elle en fit aussitôt donner avis au
Comte ; et, sans perdre de temps, elle
se réunit à Kantelet pour solliciter

———————————

ayant chacun une corde au cou : c'é-
taient ceux d'Édouard V et de Richard,
son Frère. La Reine, pour ne pas renouveler la mémoire de ce forfait, fit
remurer la porte ; mais, sous le règne
de Charles II, elle fut r'ouverte, et les
deux squelettes transportés à l'Abbaye
de Westminster, et déposés dans la
Sépulture des Rois.

auprès de son Père la liberté de Richemont, qu'aux termes de son Traité avec Édouard, il ne pouvait pas
lui refuser. Elle fit plus, elle en obtint une flotte et un corps de Troupes
d'élite, pour l'aider à remonter sur
le Trône, dont l'usurpateur Richard
venait de s'emparer, et punir ce
monstre de tous les crimes, dont il
s'était rendu coupable, pour y parvenir.

La circonstance était favorable
pour le Comte de Richemont ; Richard était détesté généralement,
et tous les cœurs volaient d'avance
au devant de celui qui délivrerait
l'Angleterre du joug affreux du plus
lâche des Tyrans. La Principauté

de Galles entre autres n'attendait qu'une occasion favorable pour se soulever toute entière en sa faveur. Une autre considération détermina le Duc de Bretagne non-seulement à rendre la liberté à son prisonnier; mais encore à lui fournir les secours qu'on lui demandait. La Comtesse de Sommerset, mère de Henri, femme entreprenante, douée d'un grand caractère, et qui passait avec raison pour la plus habile de son temps, avait trouvé moyen, sans se rendre suspecte, de former pendant la longue détention de son Fils, un parti formidable en sa faveur. Ce parti devait agir lorsque l'occasion s'en présenterait. Elle le fit prévenir par le moyen d'un des conjurés qu'elle

L

lui dépêcha , qu'il pouvait arriver
hardiment avec sa flotte , et lui désigna pour débarquer un port où
elle avait des intelligences sûres, de
manière que le débarquement pût
s'effectuer sans difficulté. Ses Troupes se joignant aussitôt à celles qui
devaient prendre son parti, lui auraient formé une armée assez forte,
pour ne pas craindre celle de Richard
et lutter avec avantage contre ses
partisans. François, qui avait pour
Henri l'amitié la plus tendre, n'eut
pas besoin d'être vivement pressé
pour lui accorder le secours que sa
Fille et Kantelet sollicitaient pour
lui. Il donna les ordres nécessaires
pour lui fournir une flotte et six
mille hommes de Troupes aguerries,

qui lui seraient entièrement subor—
données.

Quelque activité que l'on mît
dans cet armement, il entraîna des
délais qui s'accordaient mal avec la
juste impatience de Richemont : enfin au bout de quatre mois tout fut
prêt pour le départ. Richemont ,
après avoir fait les plus tendres
adieux à sa chère Berthe, et après
lui avoir juré de nouveau qu'il ne
la reverrait que pour lui mettre sur
la tête la Couronne d'Angleterre ,
s'embarqua sur la flotte et partit
avec un vent favorable. Il découvrit
bientôt le port qui lui avait été indiqué ; mais soit que les mesures
eussent été mal prises, soit que les

circonstances eussent changé pendant le délai qu'il mit à arriver, ce
fut vainement qu'il attendit les si-
gnaux convenus. Pour comble de
malheurs, il survint une tempête
violente qui l'obligea de prendre le
large pour ne pas échouer, et le
rejeta sur les côtes de Bretagne, où
il fut dans la nécessité de débarquer
pour réparer sa flotte, qui n'avait
pas laissé que de souffrir.

A peine Richemont fut-il à terre,
qu'il se rendit à la Cour du Duc de
Bretagne, et lui fit part de l'obstacle
qui avait empêché le succès de la
descente qu'il s'était proposé de faire
dans les États du lâche usurpateur du
Trône sur lequel il avait des droits.

Ce contre-temps l'obligeait de remettre cette expédition à un moment
plus favorable, et d'attendre que la
Comtesse de Sommerset, sa Mère
lui indiquât de nouveau ce qu'il avait
à faire, pour ne pas échouer une se-
conde fois dans son entreprise. Il alla
faire sa cour ensuite aux deux Princesses qu'il trouva réunies, et dont
il reçut l'accueil le plus obligeant.
Dès le même soir, la Comtesse de
Rieux lui fournit les moyens de voir
Berthe en particulier. Dès qu'il fut
en sa présence : « Le sort se déclare
contre moi ; c'en est fait, adorable
Berthe, » dit-il à la Princesse, en
prenant une de ses mains qu'il porta
respectueusement à sa bouche; « aban-
donnez à sa mauvaise fortune un

malheureux qui vous précipiterait
dans un abîme de malheurs, si vous
persistiez à vouloir partager son sort.
—Que dites-vous? Richemont, reprit Berthe. Que j'abandonne mon
Époux! que je sépare mon sort du
sien! C'est me faire injure. Me crois-
tu donc assez peu généreuse, assez
lâche, c'est le mot, pour trahir mes
sermens? Mon devoir le plus cher,
celui que m'impose le titre sacré de
ton Épouse, est de chercher sans cesse
les moyens d'adoucir les amertumes
de ta vie par l'assurance des tendres
sentimens que tu m'as inspirés. Si je
te suis chère encore, jouis, Richemont, jouis de toute ma tendresse.
Jamais tu ne me parus plus digne de
mon amour, que dans ce moment

même où le sort semble trahir tes
vœux : ce n'était pas ta Couronne
qui pouvait flatter les miens; c'est
Richemont seul que j'aime et non le
Roi d'Angleterre. Pauvre , errant,
proscrit, abandonné de tous, il ne
me serait pas moins cher que sur le
premier Trône du monde. Mais ne
perds point courage, Henri, pour
un léger échec, et ne t'occupes que
des moyens de réparer ce revers. Je
n'ai plus qu'un mot à te dire : tu
serais mille fois plus malheureux
encore, que tu ne cesseras jamais
d'être l'unique objet de toutes mes
affections. »

Richemont, à ces mots, se précipite aux pieds de Berthe; elle le

relève et le serre tendrement dans ses
bras. Cette caresse innocente le mit
hors de lui même; elle égara tout-à-
fait sa raison. L'expression de Berthe
était si tendre! le délire de Henri
était au comble : la Princesse n'était
pas moins enivrée que son amant, et
leurs caresses devinrent si vives,
qu'ils oublièrent que, pour ratifier
leur union, ils avaient besoin du
consentement du Père de Berthe. La
Comtesse de Rieux venait de sortir;
ils se trouvaient seuls et devinrent
tout-à-fait époux. Ils ne tardèrent pas
à sentir toutes les conséquences de
cette faute; mais il n'y avait pas de
remède ; et de nouveaux événemens,
qui se succédèrent avec rapidité, chan-
gèrent bientôt la face des affaires.

Cependant il se passait en Angleterre les scènes les plus sanglantes.
Richard Plantagenet , couvert de
crimes et souillé du meurtre de
ses Neveux, cimentait par des ruis-
seaux de sang et des monceaux
de cadavres le Trône , dont il
s'était emparé. Il avait pris le nom
de Richard III, que ses crimes
ont rendu célèbre. En horreur à
la Nation Anglaise , il ne put se
maintenir sur le Trône qu'en inon-
dant la terre du sang de ses sujets ;
il comprima par la terreur, la seule
arme que connaissent les Tyrans ,
ceux qui faisaient assez de cas de
la vie pour vouloir la conserver ;
les autres plus hardis cherchaient
à le renverser, et payaient souvent

de leur tête leur audacieuse en—
treprise.

La haine qu'on lui portait généralement, était à son comble : des
conspirations se tramaient de toutes
parts, et le nombre des méconteus
devenait si considérable, qu'il en
était réduit au point de craindre
même ceux qui semblaient ses plus
zélés partisans. Il eut le bonheur de
découvrir à temps une trame bien
ourdie, et sous laquelle il aurait
infailliblement succombé, lorsque,
par un pur effet du hasard, le secret en vint à sa connaissance. (1)

_____

(1) Il s'agit ici de la conspiration du
Duc de Buckingam qui, trahi par un

Heureusement la Comtesse de Sommerset, qui était l'âme de ce complot, ne fut point compromise : retirée par prudence à la Campagne,
elle ne porta point ombrage au
soupçonneux Richard, et les Conjurés qui avaient son secret, aimè-
rent mieux endurer la mort que de
la dénoncer.

Le sang coula de nouveau sur les
Places publiques de Londres avec
plus de force que jamais ; tous les
jours Richard immolait de nouvelles
victimes à ses soupçons : sa cruauté,
qui ne connaissait aucunes bornes,

---

des conjurés, fut arrêté, mis à la Tour
de Londres, et décapité. (Note de l'É-
diteur.)

grossit encore le parti de Richemont, qui de jour en jour acquérait une force prépondérante. Richard n'ignorait pas que ce Prince était l'objet des vœux de la Nation , qui l'appelait à grands cris. Il ne lui restait d'autre parti à prendre que de chercher, comme son prédécesseur , les moyens de se défaire d'un concurrent aussi redoutable.

Landais n'existait plus ; le Duc de Bretagne avait un nouveau Favori qui ne valait pas mieux que le premier , mais qui moins hardi , et que l'exemple qu'il venait d'avoir sous les yeux retenait, n'était pas aussi propre que Landais à servir les projets ambitieux de Richard : ce fut

cependant à lui que le Tyran s'a-
dressa : il vint à bout au moyen des
sommes considérables qu'il lui fit
remettre, de le déterminer à le servir. Ce nouvel ennemi de Richemont était d'autant plus dangereux,
qu'on n'avait pas même l'idée de
le soupçonner. Il agit avec plus de
prudence et de réserve que Landais ;
il ne chercha point à obtenir de son
Maître un ordre qu'il savait devoir
lui être refusé ; il ne tenta pas même
les moyens de le surprendre ; mais
espion fidèle et parfaitement instruit
de toutes les démarches de Richemont, il en avertissait les Émis-
saires de Richard. Ce fut lui qui
leur conseilla de faire assassiner
Henri , plutôt que de chercher à

l'enlever pour le livrer vivant entre
les mains de son ennemi , projet
dangereux , et d'une difficile exécution , et leur indiqua les moyens de
s'en débarrasser , sans courir aucun
risque.

Il les instruisit d'un voyage que
Richemont devait faire à saint Malo
pour visiter sa flotte et s'occuper du
nouvel embarquement qu'il proje-
tait , et leur conseilla de profiter de
l'occasion de ce voyage pour consommer leur crime. Les assassins , réunis en assez grand nombre , se pro-
posaient de l'attendre dans un Bois
par lequel il était obligé de passer ,
et comme il n'avait qu'une suite
peu nombreuse ; ils espéraient de

réussir dans leur projet sans beaucoup de difficulté. Mais Berthe ne
cessait soit par elle-même, soit par
des agens fidèles et sûrs de veiller
sur les jours de son Epoux : elle eut
connaissance du complot qu'on tra-
mait contre lui ; mais elle ne put
être exactement informée des détails
qu'à l'instant pour ainsi dire où il
devait être exécuté. Elle n'eut que
le temps de dépêcher au Comte un
homme sûr qui fit la plus grande diligence, et fut assez heureux pour
le rejoindre au moment même où il
entrait dans la Forêt. Il n'y avait pas
une minute à perdre ; il était aussi
dangereux pour lui de retourner sur
ses pas que d'aller en avant, car il
avait été déjà signalé par les espions

de ses assassins, qui n'auraient pas
manqué de courir après leur proie,
et sous les coups desquels il aurait
infailliblement succombé. Il ne lui
restait d'autre parti à prendre que
de tâcher de tromper leur vigilance.
Il prit l'habit et le cheval d'un Pal-
frenier de sa suite, et tandis que
ceux qui l'accompagnaient parais-
saient faire halte à l'entrée du Bois,
il parvint heureusement à s'échapper, et gagna la France où il devait
être effectivement plus en sûreté
qu'en Bretagne, attendu l'éloignement des côtes dont la proximité
facilitait les projets de son ennemi.

Il se rendit à la Cour de Charles VIII qui régnait alors sous la

tutèle d'Anne de Beaujeu, sa Sœur,
qui, sans avoir le titre de Régente,
en remplissait toutes les fonctions.
Il y fut accueilli avec tous les égards
qu'on doit à l'infortune. La première parole du Roi fut de lui promettre les secours les plus efficaces
pour tâcher de renverser son lâche
compétiteur, qui commençait à être
l'exécration de toute l'Europe. Il lui
fournit, en effet, un grand nombre
de bâtimens de transport avec douze
mille hommes de troupes fraîches
qui réunies aux Bretons qui étaient
encore à saint Malo, lui formèrent
un corps d'armée assez fort pour
entrer en campagne. Cette flotte
mit à la voile par un temps favorable, et comme cette fois les

M 5

mesures avaient été bien prises, le débarquement s'effectua sans la moindre difficulté. Dès que son arrivée
fut connue, la Principauté de Galles
se souleva toute entière en sa faveur.
Tous les Anglais de son parti se
réunirent à lui, et lui formèrent une
armée formidable, qui s'augmen—
tait sans cesse des débris de celle de
Richard, qui généralement détesté
voyait ses soldats déserter de toutes
parts pour passer dans le camp de
son ennemi.

Il se livra entre les deux armées
plusieurs combats, où la victoire
sans être infidèle aux drapeaux de
Henri, n'était pas néanmoins assez
décisive pour lui ouvrir le chemin

de Londres. Richard éludait toujours d'en venir à une action générale, dont il craignait le résultat ; mais Richemont qui était plus homme de guerre que lui, et qui, d'ailleurs, avait des généraux plus expérimentés, prit si bien ses mesures qu'il le mit dans la nécessité de se battre ou de se rendre à discrétion. Les deux armées étaient en présence dans la plaine de Bosworth, à quelques milles de Leincester. On était sur le point d'en venir aux mains, lorsque Richemont, qui avait toute la vaillance et le caractère des anciens Preux, et qui voulait épargner le sang de ceux qu'il regardait comme devant être ses sujets, envoya un Hérault à Richard

pour lui proposer de vider , en présence des deux armées , leur différend par un combat singulier. Richard rejeta d'abord cette proposition ; mais comme il s'aperçut que
son refus produisait un mauvais
effet sur les troupes , il se trouva
dans la nécessité de l'accepter. Cependant au moment de se battre , il
changea tout à coup de résolution ,
et fit dire à Henri , qu'il préférait
de livrer la bataille.

Les deux armées en vinrent bientôt aux mains : Richard voyant que
la chance ne lui était pas favorable ,
imagina pour relever le courage de
ses troupes , de mettre , au milieu
de la bataille , sa couronne en tête ,

croyant avertir par là les soldats
qu'ils combattaient pour leur Roi
contre un rebelle ; mais il prit une
peine inutile : sa cruauté lui avait
aliéné tous les cœurs. Le Lord Stan-
ley , un de ses généraux , qui voyait
depuis longtemps avec horreur cette
couronne usurpée par tant d'assassins , trahit son indigne Maitre et
passa tout à coup avec le corps de
troupes qu'il commandait , du côté
de Richemont : cette action décida
du sort de la bataille.

Richard avait de la valeur, c'était
la seule qualité qu'il eut : quand il
vit la bataille désespérée , il se jeta
comme un furieux au milieu de ses
ennemis , et trouva dans leurs rangs

une mort plus glorieuse qu'il ne le méritait. Cette journée mémorable mit fin aux désolations dont la Rose rouge et la Rose blanche avaient pendant si longtemps rempli toute l'Angleterre. Si le résultat en fut heureux pour Richemont, elle coûta cher à son cœur par la perte qu'il fit de Kantelet qui trouva la mort en combattant à ses côtés. Ce guerrier généreux, ami fidèle et courtisan sans bassesse, emporta dans le tombeau la satisfaction de savoir son Maître vainqueur, et fut honoré de ses plus tendres regrets.

Un soldat apporta la Couronne de Richard à Henri qui fut proclamé Roi sur le champ de bataille par les

deux armées : il prit en montant sur
le Trône le nom de Henri VII, et
gouverna son Royaume avec tant de
bonheur et de sagesse qu'il mérita,
par la suite, le surnom qu'il obtint
de Salomon de l'Angleterre.

CHAPITRE VI.

Berthe apprit avec le plus juste transport les premiers succès de son Epoux; mais elle ne cessait de trembler pour ses jours. Sa douleur fut au comble quand elle fut instruite par la renommée de la résolution que Richemont avait prise de terminer son différend avec Richard par un combat à outrance. Elle craignait avec assez de fondement qu'il ne fût victime de que que trahison, et cette idée affligeante empoisonnait tous ses momens. Un récit infidèle vint ajouter encore à sa

douleur : le bruit se répandit à la
Cour de son Père, que Richemont,
que l'on avait confondu sans doute
avec Kantelet, avait péri dans le
combat, et que Richard par sa
mort était devenu paisible possesseur du Trône qu'il avait usurpé.
Pour comble de malheur, le bâtiment que montait l'Envoyé que Richemont dès le lendemain de sa victoire avait dépêché vers le Duc de
Bretagne pour lui faire part de
l'heureux succès de ses armes et lui
demander la main de sa fille, périt
par une tempête, et ce ne fut que
long-temps après que l'on eut connaissance de son sort.

Qu'on juge de la situation de

N

l'infortunée Berthe qui était enceinte:
il ne lui restait aucun espoir ; son
mariage était ignoré ; il fallait cacher sa honte à tous les yeux ; le
temps pressait. Elle consulta le
Comte et la Comtesse de Rieux sur
le parti qu'elle avait à prendre ;
chacun eut un avis différent. Celui
de Berthe , à l'exécution duquel
elle s'attacha, prévalut, tout extraor-
dinaire qu'il pouvait paraître. Elle
feignit d'être incommodée et d'avoir
besoin de l'air de la Campagne pour
rétablir sa santé. Elle partit en conséquence pour sa Maison de plaisance, où elle allait très-rarement depuis le départ de son époux , et pro-
fita d'un voyage que fit son Père à
l'extrémité de ses États pour faire

annoncer sa maladie et publier, quelques jours après, la nouvelle de sa mort. Son Médecin qui lui était entièrement dévoué, et qu'elle avait mis dans sa confidence, la servit au gré de ses désirs, dans l'exécution de ce projet.

Au moment néanmoins de l'accomplir, le Comte de Rieux essaya de lui faire quelques représentations, et voulut l'engager à renoncer à son dessein en l'assurant qu'il trouverait les moyens de sauver son honneur : mais rien ne fut capable de l'ébranler. Ferme dans la résolution qu'elle avait prise, elle ne voulut point se rendre à toutes les raisons qu'il put alléguer. « Mon parti est irrévoca-

N 2

blement pris , lui dit cette malheureuse Princesse ; rien ne sera capable de m'en faire changer ; c'en est
fait ; mon époux ne vit plus ; je ne
veux et ne dois lui survivre qu'autant que le fruit infortuné de notre
hymen aura besoin de mon existence : je n'ai plus qu'un but ; c'est
de m'enterrer toute vivante dans le
désert le plus reculé, et de pleurer
le reste de mes jours celui qui
possédait toutes mes affections , et
pour lequel seul je pouvais tenir
à la vie. »

Si tel est votre dessein , Madame,
lui répondit le Comte de Rieux, « je
n'insiste plus ; je suis décidé à vous
suivre ; je ne vous abandonnerai

jamais. » — Je vous reconnais à ce trait généreux, répliqua Berthe ; mais je ne veux point abuser de votre amitié, en vous condamnant à un exil éternel. — Mon devoir est de vous suivre ; Madame de Rieux et moi n'avons qu'un même sentiment à cet égard : nous n'avons point d'enfans ; vous nous en tenez lieu, et nous serions trop à plaindre, si vous nous interdisiez la faculté de vous consacrer le reste de notre vie. — Je ne puis qu'admirer un si grand sacrifice et j'accepte vos offres. — Vous comblez nos vœux les plus chers. Il ne s'agit plus que de déterminer le lieu de votre retraite. — L'Angleterre a vu périr mon Epoux ; c'est en Angleterre que je veux finir mes

N 3

jours. Ma dépouille mortelle sera déposée dans la même terre qui a reçu la sienne. Je ne veux point d'autre asile. — Eh bien! Madame, je connais, pour y avoir passé dans ma jeunesse quelques mois, un petit Domaine isolé sur les Frontières d'Irlande, où vous pourrez vivre ignorée, et dans la tranquillité la plus profonde. Une Maison de peu d'apparence, mais commode, vous offrira l'asile le plus inviolable. Elle communique par un passage, dont le Propriétaire n'a peut-être pas même connaissance, mais dont je retrouverai facilement l'entrée, à un vaste souterrain taillé dans le roc, où vous pourrez vivre à l'abri de toute recherche. Ce Domaine

appartient à un de mes Parens qui
n'y attache aucune importance, et
qui ne demandera pas mieux que de
s'en défaire , d'autant qu'il n'est
d'aucun rapport , et que le bruit
même court dans les environs qu'il
est habité par des Esprits , ce qui
ajoute encore à sa sûreté en écar-
tant les curieux et les importuns :
d'ailleurs il ne laisse pas que d'être
éloigné de la grande route , et c'est
encore un avantage, quand on veut,
comme vous , vivre loin du commerce des hommes. Je ne vous cache
pas cependant que le Pays est un
peu sauvage. — Eh ! que m'importe
dans quelle région j'aille traîner mes
déplorables jours , pourvu que je
me rapproche de celle où mon époux

a terminé les siens ? — En ce cas donnez-moi vos ordres , je suis prêt à les exécuter. — Je n'ai rien à vous prescrire ; faites pour le mieux ; je souscris à tout. Il me sera facile de m'éloigner de ce Pays ; toute la Bretagne porte mon deuil. Mon Père et ma Sœur ont donné des larmes à ma mort , et les soupçons ne s'arrêteront point sur moi. C'est à vous, mon cher Comte, à faire le reste ; j'accepte vos services et ceux de votre vertueuse Epouse ; je m'abandonne entièrement à vos soins généreux. Voici le fruit de mes épargnes. (Elle lui remit, en disant ces mots , une cassette remplie d'or et de pierreries.) Je ne saurais le remettre en des mains plus fidèles. Une confiance

absolue est le seul témoignage que
je puisse vous donner de ma recon—
naissance : c'est bien peu sans doute
pour les services essentiels que vous
m'avez rendus jusqu'à ce jour , et
ceux que j'attends encore de votre
amitié ; mais la mienne est le seul
don qui soit en mon pouvoir , et je
vous l'offre parce que je sais que
vous y attachez quelque prix. Si
vous daignez en croire une femme ,
qui n'a pas su se conduire elle—
même , vous fuirez loin d'un monde
à qui votre vertu porte ombrage , et
qui ne sait pas apprécier votre mé—
rite. Oui , je le fuirai , Madame , et
j'y suis bien résolu , non par la
crainte que les scélérats m'inspirent ,
mais pour vous suivre partout où

vous voudrez aller.— Il est donc vrai
que vous pourrez vous résoudre....
— A passer près de vous le reste
de ma vie ; nous n'avons , Madame
de Rieux et moi, qu'une même pen-
sée à cet égard. — Eh bien ! c'en
est fait ; devenez mon Père ; servez-
moi de guide ; j'aurai pour vous
les sentimens et l'obéissance d'une
fille ; je ratifie d'avance tout ce que
vous ferez, persuadée de votre attachement à ma personne : je m'en
rapporte entièrement à votre sagesse. Ordonnez les préparatifs nécessaires pour le départ; je ne vous
recommande qu'une chose, c'est qu'il
soit prompt.—Vous allez être obéie,
Madame; l'aurore à son retour ne
nous trouvera plus dans ces lieux. »

Le Comte s'occupa sans délai des mesures nécessaires au voyage que Berthe et lui venaient d'arrêter, et tout étant disposé comme il convenait, la Princesse, sa femme et lui se mirent en route à l'entrée de la nuit : ils n'avaient pour toute suite qu'une femme d'un âge mûr, qui avait élevé Berthe, qui était dans sa confidence, et qui demanda pour toute grâce de ne point s'en séparer. Ils parvinrent, sans aucune mauvaise rencontre, jusqu'à un petit port peu fréquenté, où ils trouvèrent un bâtiment léger prêt à mettre à la voile, sur lequel ils s'embarquèrent. Un vent favorable les porta sur les côtes d'Irlande, où ils mirent pied à terre. Ils s'arrêtèrent dans un bourg que le

Comte connaissait, et se logèrent dans une auberge où ils feignirent d'avoir besoin de se reposer jusqu'à ce qu'ils pussent continuer leur route pour Dublin. Berthe passait pour la Fille du Comte et de la Comtesse, qui s'étaient donnés eux — mêmes pour les Bretons qu'appelait dans la Capitale de ce Royaume une succession qu'ils allaient y recueillir. Dès le lendemain de leur arrivée, le Comte quitta Berthe et sa femme pour aller reconnaître les lieux dont il leur avait parlé et s'occuper de les mettre en état de les y recevoir.

Son absence dura près de quinze jours, ce qui commençait à les inquiéter ; mais il leur rapporta les nouvelles les plus satisfaisantes : il avait trouvé l'habitation dans le même état à peu près où il l'avait laissée il y avait vingt-cinq ans. Le propriétaire de la maison n'avait pas mieux demandé que de la lui vendre au prix surtout qu'il lui en offrit ; il en avait conclu le marché sans perdre de temps, et y avait fait porter tous les meubles et ustensiles dont ils pouvaient avoir besoin.

Ils se mirent en route aussitôt, et le surlendemain ils arrivèrent dans cette retraite ignorée, où ils avaient résolu de s'ensevelir, jusqu'à ce que l'avenir ordonnât autrement de leur sort La Princesse y entra comme dans sa dernière demeure et la regarda comme son tombeau. Il est bon de rappeler que le propriétaire même de cette maison, ignorait qu'elle conduisit à de vastes souterrains creusés dans le roc au pied duquel elle était située, de sorte qu'ils étaient parfaitement en sûreté dans cet asile dont le secret n'était connu que d'eux.

Après que le Comte eut ouvert la porte qui donnait sur l'entrée du souterrain, et que Berthe eut pénétré dans une salle assez vaste, dont l'aspect inspirait un recueillement religieux, elle sentit ses genoux se dérober sous elle, et tomba le visage contre terre. « C'est donc ici, » dit-elle d'une voix entrecoupée de sanglots; « c'est donc ici que mon âme

doit quitter ce corps terrestre et pé-
rissable pour s'élancer dans l'éternité!
Combien je désire d'en voir arriver
l'instant, puisqu'il doit me réunir à
à ce que j'ai de plus cher, à mon
Époux ! C'est là que je jouirai de
cette paix inaltérable qu'on cherche
vainement dans le monde, et qui
n'existe réellement que dans l'asile
des tombeaux. »

Berthe voulait fixer sa demeure
habituelle dans le souterrain même ;
mais la Comtesse lui représenta que
sa santé et celle de son enfant pourraient en être altérées, et la détermina par ce motif tout puissant sur
son cœur maternel, à choisir un petit
appartement près duquel se trouvait

le chemin qui conduisait au souterrain, et qui lui convenait d'autant
mieux qu'elle pourrait s'y retirer à
volonté, soit en cas de danger, soit
pour faire diversion à ses ennuis.

Il existait, attenant la première
salle du souterrain, un petit cabinet
à la construction duquel l'art pa-
rassait avoir eu la plus grande part,
par la recherche qu'on avait mise
dans les diverses commodités qu'il
renfermait; la porte s'en ouvrait au
moyen d'un secret qu'il fallait connaître pour y pénétrer. Après l'avoir
examiné, « je vous demande une
grâce, » dit Berthe au Comte et à
la Comtesse qui l'accompagnaient,
c'est de ne jamais entrer dans ce

cabinet, dont je m'empare, que de mon aveu ; j'ai de fortes raison pour en interdire l'accès à tout être vivant, et je compte trop sur votre amitié pour douter de votre complaisance à cet égard. » Le Comte et la Comtesse lui promirent de respecter son secret, et lui protestèrent de nouveau d'un attachement à toute épreuve.

Ce souterrain renfermait un autre avantage qui devenait dans la circonstance infiniment précieux pour les infortunés qui étaient réduits à l'habiter. Un escalier taillé dans le roc, conduisait sur le sommet de la montagne qui était inaccessible de tous les côtés. Il formait une espèce de petite plaine, dont l'aspect était

charmant. Un lac très – poissonneux
en composait la plus grande partie,
et pouvait offrir au besoin d'abon-
dantes ressources. Le reste était cou-
pé par un petit bois peuplé d'une
grande quantité d'oiseaux et de gi-
bier dont on pouvait tirer de grands
avantages, et formait naturellement
des bosquets infiniment agréables. Il
s'y trouvait aussi beaucoup de fruits
et de raisins, qui, quoique sauva-
ges, ne laissaient pas que de flatter le
goût, et dont on pouvait tirer le
plus grand parti. Le Comte, dont les
vues s'étendaient sur l'avenir, conçut
le projet qu'il exécuta, de peupler ce
désert d'animaux et d'oiseaux domes-
tiques, de sorte qu'il fut bientôt dans
le cas de procurer à ceux qui en avaient

la jouissance, un grand nombre d'objets d'utilité et d'agrément, qu'il eût été peut-être difficile de réunir sans cette prévoyance.

Cependant le terme de la grossesse de Berthe était arrivé; elle mit au monde une fille qu'elle nomma Blanche; elle ne voulut pas s'en séparer, et remplit, dans leur entier, ses devoirs de mère, en la nourrissant de son lait, et lui prodiguant les soins les plus tendres. Cette occupation, si douce pour une âme sensible comme la sienne, faisait diversion à sa douleur et suspendait, pour ainsi dire, son âme fugitive. Elle la couvrait sans cesse de ses caresses, et ne pouvait s'empêcher de verser quelques

larmes en songeant à l'objet de ses
regrets, que la vue de son enfant ne
faisait que lui rappeler.

Cette Princesse infortunée , le
Comte, la Comtesse et la bonne Bri-
gitte, c'était le nom de la femme
respectable qui avait désiré de s'at-
tacher à leur sort, coulaient dans
cette retraite ignorée, des jours aussi
heureux qu'ils pouvaient le désirer
dans cette situation. Deux Domesti-
ques grossiers, mais fidèles, que le
Comte s'était procurés, étaient char-
gés des ouvrages les plus rudes , et
suffisaient à tous leurs besoins. C'é-
taient eux qui allaient à la provision ,
et qui n'auraient pas pu, quand ils
s'en seraient trouvé capables, trahir

le secret du souterrain, car il leur
était absolument inconnu, et l'on
avait pris d'ailleurs toutes les précautions nécessaires pour qu'ils ne
pénétrassent jamais dans l'apparte-
tement de Berthe, par où seulement
on pouvait y parvenir. Ils passèrent
ainsi près d'une année dans une tranquillité profonde , séparés de tout
commerce humain, et bornant leurs
jouissances aux seuls bienfaits de la
nature.

CHAPITRE VII.

CEPENDANT Henri VII, par-
venu à la couronne d'Angleterre par
la défaite et la mort de Richard III,
commençait à s'affermir sur son
Trône que des factieux avoient déjà
tenté d'ébranler. Ses ennemis, car il
restait encore des partisans de la Rose
Blanche avaient, pour le détrôner,
fait jouer des ressorts d'autant plus
dangereux qu'ils pouvaient faire im-
pression sur la multitude ; mais la
Nation était fatiguée des dissentions
cruelles qui la déchiraient depuis

trop long-temps et leur entreprise échoua : un garçon boulanger, neveu, à ce qu'il disait, d'Édouard IV, se mit sur les rangs ; mais il était trop méprisable pour être dangereux, et toute sa punition, après avoir été convaincu d'imposture, fut d'être relégué dans la cuisine de Henri, où il servait de jouet à tous ceux qui voulaient prendre la peine de s'en amuser.

Ce mauvais succès ne découragea point les conspirateurs ; ils firent choix d'un autre sujet plus propre à remplir leurs vues. Pierre Waerbeck, surnommé Perkins, eut la hardiesse de se dire Richard, Duc d'Yorck, fils puîné du Roi Édouard

IV. Marguerite, Duchesse de Bourgogne, sœur de ce Prince, voyait
avec peine Henri VII sur le Trône.
Elle fit courir le bruit que Richard III.
ayant donné l'ordre d'étrangler
Édouard V, et son frère Richard,
Duc d'Yorck, tous deux fils d'É-
douard IV, les parricides après avoir
fait mourir le jeune Roi, eurent
pitié de son frère, et l'avaient mis en
liberté ; ce jeune Prince, suivant
elle, s'était caché dans un asile secret, attendant un moment favorable pour réclamer ses droits.

Quand elle eut répandu ces chi-
mères parmi le Peuple, elle choisit
un imposteur adroit, propre à jouer
le rôle dont elle voulait le charger.

Elle le trouva dans un jeune Juif flamand, dont le Père s'était converti, et qui était né à Londres, où il avait eu pour parrain Édouard IV, soupçonné de quelque intrigue amoureuse avec sa Mère, qui était une très-belle femme. Sa figure noble, ses manières séduisantes, son génie délié, la souplesse et l'expérience qu'il avait acquises par ses voyages, convenaient parfaitement au rôle qu'on lui destinait.

La Duchesse lui apprit à contrefaire le jeune Duc d'Yorck, son Neveu, assassiné par l'ordre de Richard. Perkins se montra d'abord en Irlande, sous le nom de Richard Plantagenet, et le peuple crédule, eut

I. P

d'autant moins de peine à le reconnaître, qu'il avait quelques traits de ressemblance avec Édouard. Charles VIII, Roi de France, qui, après avoir aidé Henri VII à remonter sur le Trône, était en guerre avec lui, invita le nouveau Prince à se rendre à sa Cour, le reçut comme le véritable Duc d'Yorck, et de cette manière accrédita cette fiction ; mais Perkins fut bientôt abandonné par Charles, qui sans doute découvrit sa fourberie, et fit sa paix avec Henri.

Perkins, obligé de fuir, se retira auprès de la Duchesse de Bourgogne, qui l'adressa au Roi d'Écosse, Jacques IV, après le lui avoir vivement recommandé. Ce jeune Monarque se laissa tromper par cet astucieux imposteur, et lui donna même en mariage une de ses proches parentes. Une armée Ecossaise ravagea bientôt les frontières de l'Angleterre : Perkins eut d'abord quelques succès ; mais Jacques IV s'étant accommodé avec Henri, il retira ses Troupes et pria Perkins de quitter ses États. Ce malheureux se cacha quelque temps en Irlande ; de là, sur un avis qu'il reçut, il passa dans le Comté de Cornouailles, où le feu de la sédition subsistait encore, et qu'il espérait de faire déclarer en sa faveur.

Henri qui ne souhaitait, disait-il souvent, que de voir de près les factieux, témoigna beaucoup de joie de

son arrivée, et se hâta de prévenir
ses progrès. Dès qu'il parut, il dé-
sarma les rebelles, qui lui demandè-
rent grâce. Perkins, abandonné de
tous ses partisans, se réfugia dans
une Eglise. Sa Femme fut prison-
nière, et traitée par Henri avec
beaucoup d'égards et de distinction.
Il se remit de lui-même entre les
mains du Roi qui, n'étant point
cruel, se contenta de le voir soumis,
et lui donna sa grâce. (1)

---

(1) Perkins fut promené par les rues
de Londres, et livré aux insultes de la
populace qui, s'il eût réussi, aurait
baisé la trace de ses pas. On lui fit
faire publiquement l'aveu de son imposture, puis on le renferma dans une

Tranquille possesseur de sa Couronne, Henri s'occupait de gouverner

---

prison, où l'on avait pour lui toutes
sortes d'égards. Ayant trouvé moyen
de s'évader, il fut repris et renfermé
dans la Tour de Londres. Un génie de
cette trempe ne pouvait, après avoir
joué un si grand rôle, s'accoutumer à
l'infortune : il conspira jusque dans
les fers ; il avait trouvé moyen de se
ménager une correspondance avec le
Comte de Warwick, prisonnier comme
lui. L'un et l'autre devaient se sauver
après avoir tué le Gouverneur. Leur
complot ayant été découvert, pres-
qu'au moment de l'exécution, Henri
fut obligé de faire taire sa clémence ;
Perkins, désormais indigne de pardon,
subit le supplice qu'il avait mérité.

son Royaume avec sagesse, et d'é-
touffer entre ses Sujets les semences
de discorde, que quelques esprits
brouillons s'éforçaient encore de faire
germer ; mais il était bien éloigné
d'être heureux. L'éclat du rang auguste où sa valeur l'avait porté, ne
le consolait pas de la perte de son
Epouse, qu'il croyait morte d'après
le bruit qui s'en était répandu et
l'assurance que lui en avait donnée le
Duc de Bretagne qui lui-même n'en
doutait pas. Il était sombre, mélancolique, vivait dans la retraite et
fuyait toutes sortes de plaisirs.

La Comtesse de Sommerset, sa
Mère, jalouse de lui assurer la Couronne qu'elle lui avait en quelque

sorte procurée, avait ménagé son
mariage avec Élisabeth d'Yorck,
fille d'Édouard IV, et dernière Héritière de cette Branche, afin qu'il restât
paisible possesseur de son Trône, en
réunissant en sa personne les droits
des deux Maisons. Henri refusa long-
temps de consentir à cette union,
pour laquelle il avait quelque répugnance; mais la mort de son aimable Berthe lui ayant été con-
firmée de nouveau, de la manière
la moins équivoque, il crut devoir
céder à l'intérêt de ses Peuples, et
donna la main à la Princesse, plus
par politique et par nécessité, que
par goût et par penchant, quoique d'ailleurs elle ne fût pas à dédaigner.

Élisabeth partagea son Trône ;
mais elle n'eut jamais ni son cœur ni
sa confiance. Il rendait justice à ses
qualités, car elle en avait, et de très-
aimables ; mais l'amour ne se com-
mande point : il n'eut pour elle que
les égards qu'il lui devait, et dont
il se fit un devoir de ne jamais s'é-
carter.

Vers le même temps, le Duc de
Bretagne maria sa fille Anne, alors
unique, puisque Berthe passait pour
morte, à Charles VIII, Roi de France,
et lui donna pour dot son Duché,
dont il devait hériter après sa mort.
Cette belle et riche Province ne tarda
pas à être réunie à la Couronne, par
la mort de François, qui ne survécut

pas long - temps au mariage de sa
Fille.

Pendant que ces divers événemens se succédaient, tant en France
qu'en Angleterre , Berthe habitait
toujours l'asile impénétrable où elle
s'était retirée avec le Comte et la
Comtesse de Rieux. Comme ils a-
vaient définitivement résolu de passer leur vie dans cette solitude, il
s'agissait d'y former un établissement solide, et de se pourvoir abondamment des choses nécessaires à
l'existence, et même de celles de pur
agrément. Berthe, en conséquence,
proposa au Comte d'aller faire un
voyage à Dublin, pour y vendre quelques pierreries , qui lui devenaient

inutiles, et dont le produit devait servir non-seulement aux frais de leur établissement , mais encore à leur dépenses journalières. Il lui en restait encore une assez grande quantité pour satisfaire amplement aux besoins du reste de leur vie , et même pour assurer un établissement solide à la jeune Blanche, à laquelle Berthe se proposait de ne jamais découvrir le secret de sa naissance.

Le voyage du Comte devant être un peu long , il crut devoir les approvisionner abondamment pour le double du temps que devait durer son absence, et partit pour Dublin après avoir fait toutes les dispositions nécessaires pour que Berthe et

la Comtesse ne souffrissent point de
son éloignement. Quel fut son éton‑
nement, en arrivant dans la Capi‑
tale de l'Irlande, d'apprendre que
non‑seulement Henri n'était point
mort, mais qu'il régnait paisible‑
ment, et qu'il venait d'épouser la
Fille d'Édouard, son persécuteur.
Les fêtes données à l'occasion de son
mariage duraient encore, et les
Peuples se réjouissaient, avec rai‑
son, d'un arrangement qui leur
laissait entrevoir l'espoir consola‑
teur que les funestes dissentions qui
avaient pesé trop long‑temps sur la
Grande‑Bretagne, ne se renouvele‑
raient plus.

Frappé comme d'un coup de foudre,

le Comte ne savait s'il devait en
croire ses yeux et ses oreilles : il se
hâta de terminer les affaires qui
avaient occasionné son voyage, et
s'empressa de retourner au souterrain, incertain encore s'il garderait
le silence sur ce qu'il avait appris,
ou s'il ferait part à Berthe de ce qui
se passait; il crut devoir se déterminer pour ce dernier parti.

Le premier soin de la Princesse,
justement étonnée d'un aussi prompt
retour, fut de lui demander si le
perfide assassin de son Époux jouissait en paix du fruit de ses crimes.
Le Comte, malgré la résolution
qu'il avait prise, hésitait encore à
lui répondre ; elle s'aperçut de son

embarras : « Parlez, lui dit-elle, parlez avec assurance ; vous ne pouvez m'apprendre rien de trop funeste; je m'attends à tous les malheurs qui sont dans le cas de fondre sur moi ; ils ne peuvent ni m'effrayer ni m'abattre.— Vous n'avez rien à craindre à cet égard, reprit le Comte ; mais... — Achevez, de grâce. — Vous le voulez ? — S'il le faut même, je vous l'ordonne. — Eh bien ! Madame, je vais vous obéir. Rappelez toute votre constance, vous en avez besoin. — Tirez-moi d'inquiétude. — Richard ne vit plus; Henri en a triomphé et règne sur la Grande-Bretagne; mais il n'existe plus pour vous. — Ciel! mon Époux respire, et moi!... moi, je suis ensevelie dans le tombeau!

I.   Q

Henri, mon cher Henri, c'en est donc fait, je ne te verrai plus ; mais tu respires, tu es heureux, et mon âme est satisfaite. » Puis après un moment de silence : « Il est donc vrai qu'une autre..... » Elle ne put achever, et se courba sur une petite table près de laquelle elle était assise, en couvrant sa tête de ses mains.

Lorsqu'elle fut un peu remise de son trouble : « Mon cher Comte, poursuivit-elle, il faut me rendre un nouveau service. — Je suis à vos ordres, Madame. Parlez ; qu'exigez-vous ? — Il faut que vous partiez sur-le-champ pour Londres. Faites en sorte que Henri vous aperçoive et vous donne une audience particulière; lisez, s'il se peut, au fond de son cœur. Je laisse à votre prudence à lui faire part de mon existence ou à lui confirmer ma mort. Que dis-je? Il serait trop malheureux s'il me savait vivante; qu'il l'ignore; c'est un sacrifice que je dois à son repos, et qui me coûtera moins que de lui causer la moindre peine; qu'il ignore pareillement l'existence de mon Enfant. Lorsque j'aurai terminé ma carrière, vous pourrez faire à cet égard ce qui vous paraîtra convenable. Mais, si vous avez quelque attachement pour moi, faites la plus grande diligence, et revenez me donner des détails que j'attends avec une impatience égale au tourment que j'endure. »

Dès le lendemain le Comte se mit
en route, et se rendit à Londres sans
s'arrêter. Il revint au souterrain avec
la même promptitude. Dès qu'il se
présenta devant Berthe : « Eh bien !
Comte, lui dit-elle, qu'allez-vous
m'apprendre? Mais surtout ne me
déguisez rien ; je suis préparée à
tout, et ma constance est à l'épreuve.
Avez-vous vu le Roi? — Oui, Madame, j'ai vu votre auguste Époux
couvert du Diadême, entouré d'une
Cour nombreuse, et jouissant de l'a-
mour de ses Sujets, qui ne cessent de
bénir son avénement au Trône. Je
l'ai vu s'occupant sans relâche du
bonheur de son Peuple, et lui consacrant sans réserve tous les momens
de sa vie; mais la sérénité ne s'an-

nonçait pas sur son visage ; son cœur
paraissait au contraire plongé dans
une profonde tristesse ; j'étais même
assez près de lui pour entendre les
soupirs qu'il laissait échapper comme
malgré lui, mais qu'il n'était sans
doute pas le maître de retenir. Je ne
vous cache pas que sa situation rendit la mienne infiniment pénible. **En**
promenant ses regards autour de lui,
il me vit et me reconnut, non sans
témoigner quelque surprise. Il ne
m'aborda point alors ; mais quelques
momens après, il me fit dire par un
de ses Officiers d'aller l'attendre dans
son Cabinet, où il l'avait chargé de
m'introduire. Je n'y restai pas long-
temps sans le voir paraître, et après
avoir fermé la porte sur lui, pour

que nous ne fussions pas interrom-
pus : *Je l'ai donc perdue, me dit-il,*
en me serrant dans ses bras, et en
mouillant mon visage de ses larmes,
et je l'ai perdue pour toujours ! Ah !
Berthe, trop aimable Berthe ! Toi,
dont j'avais juré de faire le bon-
heur ; toi, sans qui la vie me de-
vient un fardeau , tu m'es donc
ravie pour toujours ! Tu jouis du
repos , et moi !...... je suis bien
malheureux ! Ensuite il m'a demandé la cause de votre mort , et n'a
pas oublié le fruit infortuné de sa
tendresse, auquel vous deviez donner
le jour. Je n'ai pas cru , conformé-
ment à vos ordres, devoir lui dire
la vérité, d'autant qu'elle lui devenait inutile, et qu'elle ne pouvait

qu'ajouter à ses tourmens, puisqu'il
ne pouvait faire casser son second
mariage, sans exposer son Royaume
aux secousses les plus violentes, et
allumer les brandons de la guerre
civile, attendu qu'Élisabeth, en
qualité de Fille d'Édouard IV,
pouvait faire valoir ses droits à la
Couronne et se former un nombreux
parti. *Cet Enfant*, lui répondis-je,
*qui devait naître sous de meilleurs
auspices, n'a pas joui long-temps
du bienfait de la lumière ; il est
mort presque en naissant, et son
infortunée Mère ayant appris la
nouvelle de votre trépas, par un
récit infidèle, ne put résister à sa
juste douleur. Elle prit la funeste
résolution de vous suivre au tom-*

beau : ni prières, ni larmes, rien ne
fut capable de la détourner de son
projet. Elle a rendu les derniers
soupirs dans mes bras et dans ceux
de Madame de Rieux, en pronon-
çant le nom de son Époux. Pendant
mon discours, Henri était sombre et
silencieux. Lorsque j'eus cessé de parler, ses larmes se firent un passage ;
il en répandit avec abondance, et
parut un peu soulagé. *La gloire et la
pompe m'environnent*, s'écria-t-il ;
*on croit qu'il n'est rien au-dessus
du rang suprême ; on envie mon
prétendu bonheur, et cependant je
suis l'homme le plus à plaindre de
mon Royaume. L'image de mon
adorable Berthe me suit partout ;
elle est empreinte dans mon cœur*

en caractères ineffaçables ; rien,
non rien ne sera jamais capable
de l'en bannir. Si je veux me livrer
un instant à des souvenirs doulou-
reux, mais qui ont un charme inex-
primable pour mon cœur, je ne puis
jouir un moment de moi-même.
Obligé de m'occuper sans relâche
du bonheur de mes Sujets , et de la
prospérité de mes États ; tourmenté
par des imposteurs qui se préten-
dent, l'un le Neveu d'Édouard,
l'autre le Duc d'Yorck , échappés
au fer meurtrier de Richard III ,
et qu'a soutenus quelques momens.
la crédulité d'un certain nombre
d'esprits inquiets et turbulens , que
l'attrait de la nouveauté et l'amour
du merveilleux séduisent toujours ;

je n'ai que la nuit pendant laquelle
il me soit permis d'exhaler ma
douleur et de verser, sans témoins,
les larmes que m'arrache un souvenir bien cher; encore suis-je
trop souvent contrarié par la présence de la Reine qui m'aime avec
tendresse, et s'appercevant, malgré le soin que je prends de le
cacher, du chagrin secret qui me
dévore, cherche tous les moyens de
ramener dans mon cœur le calme
et la paix que la mort de mon
amante en a pour jamais bannis.
Ah! mon cher Comte, avec quelles
délices pures je me rappelle quelquefois, et le Château de Kerdac et
les entretiens..... Mais éloignons
ces souvenirs amers; je suis une

victime de la fatalité la plus
cruelle ; il faut subir mon sort.
J'ai désiré le Trône ; je règne ; et
dans le sein même de la pompe
et des grandeurs, la mort est le
seul but où tendent tous mes vœux.
Mais vous, mon cher Comte,
quel a été votre sort, et celui de
votre respectable Épouse, depuis
la perte irréparable que vous avez
faite ? Quels sont vos projets ?
Que comptez-vous devenir ? J'ai
besoin d'un ami sûr et fidèle,
dans le sein duquel je puisse épan-
cher quelquefois ma douleur. Venez vous fixer à ma Cour ; le
rang, les honneurs, les richesses
vous y attendent ; je prévien-
drai vos moindres désirs ; près de

vous, je me croirai moins mal-
heureux. »

« Attendri jusqu'aux larmes, »
poursuivit le Comte, en s'adressant
à Berthe, « de la juste douleur de
Henri et de la reconnaissance qu'il
me témoignait; dans l'impuissance
où j'étais de proférer une seule parole, je ne pus que tomber à ses
genoux et prendre une de ses mains
que je portai à ma bouche. Il s'empressa de me relever et de me serrer
dans ses bras. Lorsque je pus m'exprimer, je le remerciai de ses offres,
et je lui dis que, désirant de consacrer au repos une vie orageuse, je
vivais avec mon Épouse dans une
retraite paisible, où je me proposais

de terminer mes jours, loin d'un monde qui ne me convenait plus et dans lequel il ne m'était plus permis d'être heureux. Enfin nous nous séparâmes après un assez long entretien. Le Roi renouvela ses instances pour m'attirer auprès de lui, et ne me laissa partir qu'après avoir exigé de moi la promesse que je reviendrais de temps en temps lui porter des consolations qui l'aideraient à soutenir le fardeau de la vie. »

« Grand Dieu ! » s'écria Berthe, en versant un torrent de larmes, « il est donc bien vrai que Henri m'aime encore, que mon souvenir lui est cher, et qu'il n'existe plus pour moi ! Tout espoir m'est interdit :

I.   R

quelle situation affreuse pour mon
âme sensible ! » Puis se tournant
vers le berceau de sa Fille qui repo-
sait : « Que je plains ton sort, ô ma
chère Blanche ! Ton Père est sur le
Trône, et tu traîneras tes jours dans
l'obscurité, la misère et l'abandon !
Puisses-tu vivre moins malheureuse
que ta Mère ! Tu ne connaîtras jamais celui qui t'a donné le jour ;
jamais tu n'entendras retentir à ton
oreille, le tendre nom de Père. Quel
sera ton sort, quand je n'existerai
plus ? Abandonnée de la nature entière, vouée dès l'instant de ta naissance à l'infortune, quel avenir affreux s'ouvre devant toi ! Je ne puis
sans frémir arrêter mes regards sur
cet horrible tableau. Vous me l'avez

promis, » poursuivit–elle, en s'a-
dressant au Comte et à la Comtesse
de Rieux qui étaient présens; « je
réclame l'exécution de votre parole ;
vous prendrez soin, après ma mort,
de cette infortunée. Je vais bientôt
quitter ce séjour de larmes ; je n'ai
pas encore long-temps à vivre, et
je n'existerais déjà plus, si l'amour
maternel ne m'avait retenue sur le
bord de ma Tombe. Que ma chère
Blanche, après ma mort, devienne
votre Fille adoptive ! cette idée consolante adoucira l'amertume de mes
derniers momens. »

Puis après un moment de silence :
« La Fille de Henri ! la Fille d'un
Roi puissant réduite à traîner ses

jours dans l'obscurité! Je ne puis y
penser sans frémir. Ah! mes amis,
quel tourment pour mon cœur, de
songer que votre attachement pour
moi vous prive de la fortune et du
rang où vous aviez droit de pré-
tendre. — Ne vous occupez que de
vous, Madame, » reprit la Comtesse
de Rieux en l'embrassant ; « votre
douleur seule peut exciter nos regrets
ou faire couler nos larmes. Ce n'est
point un sacrifice que nous avons fait
en vous consacrant notre vie : l'amitié est au — dessus des titres et des
rangs. Nous n'avons rien à craindre
de la misère et de l'abandon que
vous paraissez redouter pour votre
Enfant. Il reste encore à votre dis-
position, des Effets d'un prix ines-

timable, et qui serviront à lui procurer les moyens de vivre dans l'aisance. D'ailleurs, nous avons d'assez vastes Domaines en Bretagne pour lui assurer une grande existence, et notre premier soin sera de lui garantir au moins l'usufruit. Mais pourquoi, ma chère Princesse, cet abandon de vous-même et ce désir de quitter la vie ? — Pouvez-vous me le demander ? vous qui connaissez l'excès de mon malheur et de mon égarement. Oui, je ne dois plus espérer qu'à descendre au tombeau, et le dernier de mes jours, sera le plus heureux pour moi. — Renoncez, Madame, renoncez à cette funeste résolution ; vivez pour remplir vos devoirs de Mère à l'égard de l'innocente

R 3

Créature qui vous doit le jour. Il ne
suffit pas de lui avoir donné l'être;
vous n'avez rempli que la moitié de
la tâche que la Nature vous avait
imposée; vous lui devez des soins
dont elle vous a fait la loi. Elle a
déposé dans votre sein deux sources
de vie, desquelles dépend l'existence
de votre Enfant. Si vous les lui re-
fusez, vous vous rendez coupable des
malheurs qui peuvent en résulter
pour elle, et l'Être suprême vous demandera compte un jour de la conduite que vous aurez tenue. — Mais
en vous la confiant, je la laisse entre
les mains d'une Mère non moins
tendre, qui me remplacera digne-
ment, et je descendrai dans la tombe
sans inquiétude sur son sort. — Non,

Madame, non, » reprit la Comtesse
avec chaleur ; « un faux principe
vous abuse ; je vous le répète ; vos
jours ne vous appartiennent plus , et
vous n'êtes point la maîtresse d'en disposer. »

Berthe sentit toute la force de ce rai-
sonnement : elle ne répondit rien ; mais
elle regarda sa Fille qui lui tendit
ses petites mains comme pour la sup-
plier de renoncer à son projet ; elle
versa quelques larmes et lui présenta
son sein. Ce fut alors qu'elle sentit
ces doux mouvemens de la Nature ,
si bien sentis par les bonnes Mères ,
et qu'il faut avoir éprouvés pour les
peindre. Elle la couvrit de caresses ,
lui donna mille baisers, et se tournant

vers Madame de Rieux : « Vous
m'avez éclairée, lui dit-elle, je reconnais mon erreur, et j'y renonce ;
je ne forme plus qu'un seul vœu,
c'est que ma vie puisse se prolonger
assez, pour que cette intéressante
Créature n'ait plus besoin de mes
soins, c'est la seule faveur que je demande au Ciel. Grâce à vos sages
conseils, le bandeau qui s'était épais-
si sur mes yeux vient de tomber. Oui,
je vous en fais la promesse sacrée, je
vivrai pour mon Enfant, pour vous,
à qui j'ai tant d'obligations, que
toute ma reconnaissance ne peut y
suffire. Je ne vous demande plus
qu'une grâce, qu'une seule grâce ;
c'est de ne vous point lasser de
mon infortune, et de ne jamais

m'abandonner. » La réponse de Madame de Rieux et de son Époux, ne fut point équivoque ; et Berthe, après cet orage, parut jouir d'un calme assez profond.

FIN DU TOME PREMIER.